고시원古詩源

【四】

고시원【四】 古詩源 四

1판 1쇄 인쇄   2024년 1월 21일
1판 1쇄 발행   2024년 1월 30일
—

편저자 ┃ 심덕잠
역주자 ┃ 조동영
발행인 ┃ 이방원
—

발행처 ┃ 세창출판사

　　　　신고번호·제1990-000013호 ┃ 주소·서울 서대문구 경기대로 58 경기빌딩 602호

　　　　전화·02-723-8660 ┃ 팩스·02-720-4579

　　　　http://www.sechangpub.co.kr ┃ e-mail: edit@sechangpub.co.kr

—

ISBN 979-11-6684-298-6 94820

　　　　979-11-6684-049-4 (세트)

—

—

이 번역서는 2011년 대한민국 교육부와 한국연구재단의 지원을 받아 수행된 연구임 (NRF: 421-2011-1-A00053).

고시원古詩源

인물사전 및 색인

The Translation and Annotation of
"The Source of Old Poems"

【四】

심덕잠沈德潛 편저

조동영 역주

세창출판사

고시원(古詩源) 인물사전

고시원(古詩源) 색인

－ 인명 －

- 지명 -

- 책명 -

- 일반명사 -

고시원 인물사전

이 책은《고시원(古詩源)》(14권 3책)에 수록된 인물에 대한 정보를 한눈에 볼 수 있게 450여 항목으로 뽑아 엮은 사전이다.

1. 일반사항

1)《고시원》1, 2, 3책을 대상으로 하였다.

2) 본문(本文)과 상주(詳註), 간주(間註)에 수록된 인물을 뽑았으며, 번역 과정에서 추가한 각주(脚註)에 등장하는 인물의 경우도 표제어로 뽑았다.

3) 번역(飜譯)상의 오자(誤字), 오독(誤讀), 속자(俗字), 약자(略字) 등은 가능한 바로잡아 뽑았다.

4) 같은 인물이 여러 페이지에 수록된 경우에 그 위치를 모두 표기하여 독자의 편의를 제공하였다.

5) 같은 인물이 한 면에서 반복되어 나온 경우 한 번만 뽑았다.

6) 표제어에서는 아라비아 숫자를 쓰지 않았다.

7) 본 사전에서 사용한 부호는 다음과 같다.

   : 표제어와 설명문 사이에 두어 상호 구분한 표시이다.

   → 별호이거나 관직명 등 부제인 경우 원표제어로 보내는 표시이다.

   ⇒ 서로 연관성이 있는 표제어를 참고할 수 있게 하는 표시이다.

   【 】표제어로 삼은 인물이 수록된 본문의 위치를 나타내는 표시이다.

8) 본 사전의 배열 순서는 다음과 같다.

   가. 가, 나, 다 순에 따랐다.

   나. 인물의 생몰연대, 출신지역, 생애와 특기사항, 번역서의 수록 위치 순으로 작성하였다.

2. 세부사항

1) 위치를 나타내는 부호【 】안에 둔 원숫자는 본서의 책수를, 나머지 숫자는 본서의 권수와 수록한 작품의 일련번호를 표시하였다.

   예)【③ 권14-636】→《고시원 3책》14권의 636번째 작품.

2) 표제어의 추출방식은 다음 사항을 기본으로 하였다.

　가. 공자(孔子)나 주자(朱子) 등 통상적으로 쓰이는 명칭은 그대로 추출하였다.

　나. 왕과 황제의 묘호(廟號)가 대표 표제어로 추출될 경우는 번역문에 나오는 대로 뽑았다.

　다. 동일 인물이 성명 이외의 자(字), 호(號), 별칭 등으로 두루 지칭될 경우에 각각을 표제어로 삼되, 본래의 성명으로 모았다.

　　예) 덕원(德元) → 왕우(王友)

　　　　명원(明遠) → 포조(鮑照)

　　　　무기상시(武騎常侍) → 사마상여(司馬相如)

　　　　도주공(陶朱公) → 범여(范蠡)

　　　　범복야(范僕射) → 범운(范雲)

　　　　사마장경(司馬長卿) → 사마상여(司馬相如)

3) 본서의 특징은 다음과 같다.

　가. 내용 위주의 번역서에서 인물에 대한 소개가 다소 소략했던 점을 보완하였다.

　나. 번역서에서 인물의 누락된 생몰 연대를 최대한 보완하여 완성도를 높였다.

　다. 본서에서는 인물 위주의 정보를 확대함으로써 번역서를 이해하는 데 한 차원 외연을 넓힐 수 있게 하였다.

4) 본서에서 참고한 문헌 및 사이트는 다음과 같다.

　가. 《二十六史大辭典》(人物卷)—吉林人民出版社본을 주로 참고하였다.

　나. Google 웹사이트를 활용하였다.

　다. 維基百科 웹사이트를 활용하였다.

　라. 한국고전종합DB를 활용하였다.

※ 인물 설명 뒤에 붙는 원숫자는 《고시원》의 책수를, 나머지 숫자는 작품 번호를 표시한다.
예) 간문제(簡文帝): 양(梁)나라의 ~하였다. 【③ 권12-간문제】→《고시원 3책》, 권12의 〈간문제〉.
　　계주(季主): 한(漢)나라~일컫는다. 【② 권7-310】→《고시원 2책》, 권7의 〈310번 작품〉.

ㄱ

간문제(簡文帝, 503~551)

양(梁)나라의 제2대 황제이다. 본명은 강(綱)이고, 자(字)는 세찬(世讚)이며, 묘호는 태종(太宗)이다. 초대 황제인 무제(武帝)의 3남으로 진안왕(晉安王)에 봉해졌다가, 황태자인 소명(昭明)태자 소통(蕭統)과 둘째 형 소종(蕭綜)이 죽은 뒤에 황태자가 되었다. 무제가 548년 후경(侯景)의 난에 충격을 받고 병사(病死)하자, 후경이 옹립하여 제위에 올랐다. 그러나 551년에 후경에 의해 다시 폐위되고 그 후 또다시 살해되었다. 문재(文才)가 있어 성장한 뒤에도 형인 소명태자와 아우인 상동왕(湘東王) 등과 시작(詩作)의 경쟁을 하였다. 【③ 권12-간문제】

강락(康樂) → 사영운(謝靈運)

강승(江丞)

이름은 효사(孝嗣)이며, 남조시대 제나라 시인이다. 승은 각성(各省)의 보좌관(補佐官)을 이른다. 【③ 권12-492】→ 강효사(江孝嗣)

강엄(江淹, 444~505)

하남성(河南城) 고성(考城) 출신으로, 자(字)는 문통(文通)이다. 남조시대의 송(宋), 제(齊), 양(梁) 세 왕조를 섬겼으며, 양나라에서는 금자광록대부(金紫光祿大夫)가 되어 예릉후(醴陵侯)에 책봉되었다. 유(儒), 불(佛), 도(道)에 통달하였고, 문학 활동은 주로 송, 제에서 활발하다가 만년에는 부진했다. 대표작에는 한(漢)나라에서 송나라에 이르는 시인 30명의 작품을 모방한 잡체시(雜體詩) 30수가 있고, 부(賦)에는 〈한부(恨賦)〉와 〈별부(別賦)〉 두 편이 있다. 문집에 《강문통집(江文通集)》이 있다. 【예언, ③ 권13-강엄】

강총(江總, 519~594)

남조시대 진(陳)나라의 시인이다. 하남성(河南省) 출신으로, 자(字)는 총지(總持)이다. 양(梁)나라에서 태자사인(太子舍人) 겸 태상경(太上卿)을 지내다가, 진나라로 들어가 상서령(尙書令)이 되었다. 수(隋)나라 때 상개부(上開府)의 직책을 맡았으며, 강도(江都)에서 생을 마감하였다. 초기의 문집은 소실되고, 명(明)나라 때 편집한 《강령군집(江令君集)》이 있다. 【예언, ③ 권14-강총】

강효사(江孝嗣)

남조시대 제나라 시인으로, 사조(謝朓)의 시우(詩友)이다. 【③ 권12-강효사】
→ 강승(江丞)

거백옥(蘧伯玉)

위(衛)나라의 대부(大夫)로, 이름은 원(瑗)이며, 거(蘧)라고도 불린다. 공자(孔子)와 친분이 있었던 것으로 보이며 《논어집주(論語集註)》〈위령공(衛靈公)〉에 그에 대한 언급이 있다. 【③ 권14-646】

거원(巨源) → 산도(山濤)

건수(蹇修)

상고시대의 여자 이름이다. 복희씨(伏羲氏)의 신하인 현자(賢者)로, 중매를 잘하였다 하여 중매인(中媒人)을 지칭하는 말로도 쓰인다. 【② 권8-322】

검오(黔敖)

제(齊)나라 사람으로, 당시에 흉년이 들자 길거리를 오가는 사람들에게 밥을 제공하면서 사람들을 함부로 대했던 인물이다. 《예기(禮記)》〈단궁 하(檀弓下)〉에 보면, 그가 굶주려 다 죽어가는 사람을 보고 밥을 먹으라고 하자, 걸인이 소매로 얼굴을 가리고 두 발을 모아 걸으면서 힘없이 다가와 "나는 무례하게 밥을 먹으라는 말을 거절해서 이렇게 되었다.[予唯不食嗟來之食, 以至於斯也.]"라고 하고 끝내 굶어 죽었다는 내용이 있다. 【② 권9-352】

견후(甄后, 183~221)

삼국시대 위(魏)나라의 황후로, 중산군(中山郡) 무극현(無極縣) 출신이다. 처음에 원소(袁紹)의 둘째 아들 원희(袁熙)의 아내가 되었다가 뒤에 조비(曹丕)의 아내가 되어 조예(曹叡)를 낳았다. 조비가 칭제한 후 총애를 잃고, 곽 귀비가 천자를 저주한다고 무고하였다가 조비에 의해 사사되었다. 조예가 즉위한 뒤 시호(諡號)를 문소황후(文昭皇后)로 올렸다. 【① 권5-견후】

경경(慶卿) → 형가(荊軻)

경릉왕(竟陵王, 460~494)

남북조시대 제 무제(齊武帝)의 둘째 아들 소자량(蕭子良)이다. 《사부요략(四部要略)》을 편찬하였으며, 문인들을 모아 놓고 시 짓기를 할 때 촛불 일촌(一寸)이 탈 동안 완성하기로 규정을 삼은 고사가 전한다. 【③ 권12-530】

경순(景純) → 곽박(郭璞)

경중(敬仲) → 진완(陳完)

계자(季子)

오왕(吳王) 수몽(壽夢)의 작은아들 계찰(季札)을 말하는데, 연릉(延陵)에 봉하였기 때문에 연릉계자(延陵季子)라고 불렀다. 【① 권1-055】

계주(季主)

한(漢)나라 때에 점을 치던 사람으로, 사마계주(司馬季主)를 일컫는다.

【② 권7-310】

계차(季次) → 공석애(公晳哀)

계환자(季桓子, ?~기원전 492)

춘추시대 노(魯)나라 귀족으로 이름은 사(斯)이다. 노나라 정공(定公) 5년 (기원전 505)에 계평자(季平子)가 죽자, 그의 뒤를 이어 노나라의 정경(正卿)이 되어 노나라의 정권을 담당하였다. 【① 권1-048】

고공단보(古公亶父)

주(周)나라의 태왕(太王)으로 대왕(大王)이라고도 한다. 문왕(文王)의 할아버지이며 공류(公劉)의 구세손(九世孫)이다. 고공(古公)은 태왕의 본호(本號)이고, 단보(亶父)는 태왕의 이름이다. 단보를 자(字)라고도 한다. 서융(西戎)의 잦은 침략을 피하여 빈(豳) 땅을 버리고 기산(岐山) 아래로 옮겨 가서 왕업(王業)의 기반을 다졌다. 뒤에 주나라 무왕(武王)이 왕업을 달성한 뒤에 그를 태왕(太王)으로 추존하였다. 【① 권5-226】

고언선(顧彦先, ?~312)

삼국시대 동오(東吳)와 서진(西晉)의 정치가이다. 지금의 강소성(江蘇省) 소주(蘇州) 출신으로, 이름은 영(榮)이며, 언선은 그의 자(字)이다. 동오의 승상 고옹(顧雍)의 손자이다. 오나라가 망한 뒤에 육기(陸機), 육운(陸雲)과 함께 낙양에서 활동하였으므로, 이 세 사람을 삼준(三俊)이라 불렀다. 진 원제(晉元帝) 때 안동군사(安東郡司)와 산기상시(散騎常侍)를 역임하였다. 【② 권7-299】

고자고(高子羔, 기원전 521~?)

이름은 시(柴)이며, 자(字)는 자고(子羔)인데, 자고(子高), 자고(子皐), 계고(季皐)로도 썼다. 따라서 《공자가어(孔子家語)》에는 자고(子高)로 기록하고,

《예기(禮記)》에는 자고(子皐)로 기록하였으나 동일한 인물이다. 송 진종(宋眞宗) 때인 1009년에 공성후(共城侯)로 추봉(追封)되었다. 공문(孔門) 72현(賢) 중 한 사람으로, 공자보다 30년 연하인 그는 신장이 5척(尺)에도 미치지 못할 정도로 키가 작고 못생겼지만, 옥관(獄官)이 되어 옥사를 공정하게 처리했다고 한다. 효성이 지극하여 부모의 그림자를 밟지 않았으며, 부모의 상을 당했을 때 3년 동안 슬퍼하여 웃지 않았다고 한다.
【① 권1-052】

고점리(高漸離, ?~기원전 227)

전국시대 연(燕)나라 사람으로, 축(筑: 거문고와 비슷한 악기)의 명수였으며 형가(荊軻)와 의기투합(意氣投合)하여 서로 잘 어울렸던 인물이다. 형가가 연 태자(燕太子) 단(旦)의 청탁을 받고 진왕을 암살하기 위하여 떠나기 전에 저잣거리에서 술을 마시고 취기가 돌자, 고점리는 축을 연주하고 형가는 노래를 불렀던 적이 있으며, 형가의 유지에 따라 진시황을 살해하려 했으나 실패하고 죽임을 당하였다. 【① 권1-068, ② 권7-306, 권9-356】

곡률금(曲律金)

남북조시대 북제(北齊)의 건국에 공을 세운 투르크계 유목민으로, 삭주(朔州) 철륵부(鐵勒部) 출신 무장이다. 북제의 제2대 황제인 고은(高殷) 시기에 좌승상(左丞相)을 역임하였고, 후에 함양왕(咸陽王)에 봉해졌다. 명장 곡률광(曲律光)의 아버지이기도 하다. 【③ 권14-곡률금】

곡영(谷永, ?~기원전 8)

전한(前漢) 때의 경학자이다. 장안(長安) 출신으로, 본명은 병(並)이고, 자(字)는 자운(子雲)이다. 원제(元帝)와 성제(成帝) 연간에 주로 활동하였다. 벼슬은 태상승(太常丞), 광록대부(光祿大夫) 대사농(大司農) 등을 역임하였고, 경씨역학(京氏易學)에 정통하였다. 【③ 권12-527】

공급(孔伋, 기원전 483?~기원전 402?)

춘추시대 말기의 노(魯)나라 사람으로, 자(字)는 자사(子思)이다. 공자(孔子)의 손자이고, 공리(孔鯉)의 아들이다. 증자(曾子)에게 수업했으며, 노나라 목공(繆公)의 스승을 지냈다. 송(宋)나라 왕탁(汪晫)이 편집한 〈자사자(子思子)〉가 있으며, 청(清)나라 때 위원(魏源)은 《예기(禮記)》에 있는 〈중용(中庸)〉, 〈방기(坊記)〉, 〈표기(表記)〉, 〈치의(緇衣)〉를 자사의 저술이라 하여 《자사장구(子思章句)》를 만들었다. 후세에 술성(述聖)으로 추존되었다. 【② 권8-328】

공덕소(孔德紹, ?~621)

회계(會稽) 출신으로, 공자의 34세손이다. 청재(清才)가 있어서 벼슬은 경성현승(景城縣丞), 내사시랑(內史侍郎)을 역임하였다. 수(隋)나라 말기에 농민반란군을 주도했던 두건덕(竇建德, 573~621)에 의해 중서령(中書令)에 임명되었으나, 그가 패망하자 복주(伏誅)되었다. 【③ 권14-공덕소】

공령(孔令) → 공정(孔靖)

공석애(公晳哀, ?~?)

춘추시대 제(齊)나라 사람으로, 자(字)는 계차(季次)이며, 공자의 제자이다. 《사기(史記)》〈중니제자열전(仲尼弟子列傳)〉에 공자는 그에 대하여 "천하의 선비들은 조행이 없어서 대부분 가신이 되어 도성에서 벼슬살이를 하고 있는데, 오직 계차만은 이런 일이 없구나.[天下無行, 多爲家臣, 仕於都, 唯季次未嘗仕.]"라고 하였다. 송 진종(宋眞宗) 때 조해후(兆海侯)로 추봉되었다. 【② 권9-355】

공소안(孔紹安, 577~622)

회계(會稽) 출신으로, 수(隋)나라 대업(大業) 말기에 감찰어사(監察御使)를 역임하고, 당(唐)나라에서는 내사사인 비서감(內史舍人秘書監)을 역임하였다. 【③ 권14-공소안】

공손술(公孫述, ?~36)

후한(後漢) 때의 군웅(群雄)이다. 초기에 왕망(王莽)을 섬기다가 전한(前漢) 말기에 경시제(更始帝)의 반란을 계기로 성도(成都)에서 군사를 일으켰다. 촉(蜀)과 파(巴)를 평정하고, 25년에 스스로 천자라 일컬으며 국호를 성가(成家)라고 했으나, 36년에 광무제(光武帝)에 의해 멸망하였다. 【① 권4-206】

공손연(公孫淵, ?~238)

삼국시대 연(燕)나라의 왕이다. 228년에 숙부 공손공(公孫恭)을 몰아내고 정권을 장악하였다. 위(魏)나라를 협공하자는 오(吳)나라의 제의를 거절하고 위나라 편을 들어 요동태수가 되었다가, 다시 위나라의 명을 거역하고 연나라 왕을 자칭하였다. 238년에 위나라가 요동으로 출정시킨 사마의(司馬懿)의 정토군(征討軍)에 의해 공손연 부자(父子)가 피살당함으로써 공손씨의 정권이 멸망하였다. 【② 권7-278】

공우(貢禹, 기원전 124~기원전 44)

전한(前漢) 때 금문경학자(今文經學者)이다. 낭야(琅邪) 출신으로, 자(字)는 소옹(少翁)이다. 선제(宣帝) 때 명경(明經), 혈행(絜行)으로 명성을 얻어 박사(博士)가 되었으며, 원제(元帝) 때 벼슬이 어사대부(御史大夫)에 이르렀다. 동중서(董仲舒)의 제자 영공(嬴公)에게 《춘추공양전(春秋公羊傳)》을 배웠으며, 나중에는 영공의 제자인 휴맹(眭孟)을 사사하였다. 저술로는 청대 왕인준(王仁俊)이 편집한 《춘추공양공씨의(春秋公羊貢氏義)》가 《옥함산방집일서(玉函山房輯佚書)》 속편(續篇)에 수록되어 있다. 【② 권10-411】

공융(孔融, 153~208)

후한 때의 학자이다. 노(魯)나라 사람으로, 공자의 20대손이며, 자(字)는 문거(文擧)이다. 어려서부터 재능이 뛰어났고, 문필에도 능하여 건안칠자(建安七子)의 한 사람으로 불렸다. 헌제(獻帝) 때 북해(北海)의 재상이 되어 학교를 세웠으며, 동탁(董卓)의 횡포에 격분하여 산동에서 황건적을 평정함에 힘썼으나 큰 성과를 얻지는 못하였다. 당시 세력을 확장하고 있던 조조(曹操)를 비판하다가 일족이 모두 처형을 당하였다. 시문《공북해집(孔北海集)》은 조비(曹丕)의 칭찬을 받았다. 【① 권3-공융】

공자(孔子, 기원전 551~기원전 479)

춘추시대 말기의 노(魯)나라 사람으로, 이름은 구(丘)이고, 자(字)는 중니(仲尼)이며, 별칭은 선니(宣尼)이다. 유가(儒家)의 개조(開祖)로 추앙받고 있으며, 한 평제(漢平帝) 때 그를 추시(追諡)하여 포성선니공(襃成宣尼公)이라고 하였다. 인(仁)을 궁극의 정치적·생활적 목표로 삼아 이를 실천하기 위해 각지를 다니며 군왕들을 설득하였고, 말년(68세)에는 고향 노나라로 돌아와 교육을 통해 자신의 뜻이 후대에 실현되도록 노력하였다. 그는 많은 책을 정리하여 교육의 자료로 썼으며, 이 가운데 상당수는 지금도 경전(經傳)으로 전해지고 있다. 그의 언행을 기록한《논어(論語)》와 그 밖에《서경(書經)》과《시경(詩經)》,《춘추(春秋)》가 그러한 유(類)이다.

【② 권7-306, 권8-327, 권9-348, 권9-351, 권9-355】

공정(孔靖, 347~422)

회계군(會稽郡) 산음현(山陰縣) 출신으로, 자(字)는 계공(季恭)이며, 공자의 26대손이다. 남조 송나라를 세운 유유(劉裕)에 의해 상서령(尙書令)으로 임명되었으며, 주로 공령(孔令)으로 부르곤 하였는데 영(令)은 관직 이름이다. 【② 권10-394, 권11-417】

공치규(孔稚圭, 447~501)

남북조시대 남제(南齊)의 문인이다. 회계(會稽) 산음현(山陰縣) 출신으로, 자(字)는 덕장(德璋)이다. 문장이 탁월하여 고제(高帝)의 기실(記室)이 되었으며 강엄(江淹)과 함께 사필(辭筆)을 관장하였다. 영명(永明) 초에는 정위(廷尉)가 되어 어사중승(御史中丞)을 역임하고, 건무(建武) 초에는 남강군태수(南康郡太守)로 나갔다가 영원(永元) 초에 태자첨사(太子詹事)를 역임하였다. 대표작에 〈북산이문(北山移文)〉이 있고, 명나라 때 편찬한 《공첨사집 (孔詹事集)》이 전한다. 【③ 권12-공치규】

곽거병(霍去病, 기원전 140~기원전 117)

한 무제(漢武帝) 때의 명장으로, 평소에는 말이 적었으나, 임금의 질문에 늘 손자(孫子)와 오자(吳子)의 병법으로 대답을 하였다고 한다. 18세 때 시중(侍中)이 되어 위청(衛靑)을 따라 흉노족 정벌에 주력하여, 정예부대 를 이끌고 대군보다 먼저 적진 깊숙이 쳐들어가는 전법으로 한나라 영 토 확장에 지대한 공을 세웠다. 그가 24세의 나이로 일찍 죽자, 무제는 크게 슬퍼하여 장안(長安) 근교의 무릉(茂陵)에다 지난날 곽거병이 대승 을 거둔 기련산(祁連山: 天山)의 형상을 따서 무덤을 짓게 하여 그의 무공 을 기렸다 한다. 【③ 권13-581, 권13-583, 권14-655】

곽광(霍光, ?~기원전 68)

한 무제(漢武帝) 후기의 정치가이자 군인이다. 하동군 평양현(平陽縣) 출 신으로, 자(字)는 자맹(子孟)이다. 김일제(金日磾)와 함께 무제(武帝)의 유조 (遺詔)를 받들어 소제(昭帝)를 보필함으로써, 이 시기 백성들의 생활을 윤 택하게 하였고 사방의 오랑캐들을 모두 복속시켰다. 그 뒤를 이은 창읍 왕(昌邑王)이 음란하자, 그를 폐위시키고 선제(宣帝)를 세워 나라를 굳건 히 하였는데, 궁궐에 출입하는 20여 년 동안 한 치의 허물이 없었으며, 선제가 공신들의 초상을 그려 기린각(麒麟閣)에 모시면서 그를 가장 윗 자리에 모셨다고 한다. 【① 권3-143】

곽무천(郭茂倩)

북송(北宋)시대의 문인(文人)으로, 생애와 구체적인 사적이 전하지 않는 다. 다만 그가 편집한 《악부시집(樂府詩集)》은 악부가사(樂府歌辭)를 수록 한 책 가운데 해설이 정확하고 가장 정리가 잘 된 악부의 총집(總集)으로 평가받는다. 【예언】

곽문왕(郭門王)

한(漢)나라 때 기와를 만들던 장인(匠人)의 이름이라 한다. 【① 권3-164】

곽박(郭璞, 276~324)

동진(東晉) 때 경학자(經學者)이다. 산서성(山西省) 하동(河東) 출신으로, 자(字)는 경순(景純)이다. 서진(西晉)의 혜제(惠帝)와 회제(懷帝) 때 선성태수(宣城太守)와 은호참군(殷祜參軍)을 역임하고, 동진의 원제(元帝) 때 저작좌랑(著作佐郎)과 상서랑(尚書郎)을 역임하였다. 뒤에 정남대장군(征南大將軍) 왕돈(王敦)의 기실참군(記室參軍)이 되었는데, 322년 왕돈이 무창(武昌)에서 반란을 일으켰을 때 점괘가 흉(凶)하다는 이유로 반란을 반대했다가 그 뒤에 살해당하였다. 박학하여 천문(天文), 고문기자(古文奇字), 복서술(卜筮術)에 밝았고, 특히 시부(詩賦)에 뛰어났다. 문학에 있어서는 유곤(劉琨)과 더불어 서진 말기부터 동진에 걸친 시풍(詩風)을 대표하는 시인으로 평가를 받았다. 문체가 화려하여 오색 붓이라고 불리었으며, 그의 노장(老莊) 철학을 반영하여 선계(仙界)의 동경을 노래한 〈유선시(遊仙詩)〉 14수는 특히 새로운 시풍을 창시했다는 평을 듣는다. 《이아(爾雅)》, 《방언(方言)》, 《산해경(山海經)》, 《목천자전(穆天子傳)》, 《수경주(水經注)》, 《주역동림(周易洞林)》, 《초사(楚辭)》 등의 주석서가 있다. 【예언, ② 권8-곽박】

곽태기(郭泰機, 239?~294?)

서진(西晉) 하남(河南) 출신이다. 집안이 가난하였으나 재주가 있었고, 시(詩)에 능하였다. 〈부함(傅咸)에게 답하다〉라는 시 작품이 《문선(文選)》에 수록되어 있다. 【② 권7-곽태기】

관부(灌夫, ?~기원전 131)

전한 때 관직자이다. 영천군(穎川郡) 영음(穎陰) 출신으로, 자(字)는 중유(仲孺)이다. 본래는 장씨(張氏)였으나 아버지 장맹(張孟)이 영음후(穎陰侯) 관영(灌嬰)의 사인(舍人)이 된 뒤에 관씨 성을 하사받았다. 오초(吳楚)의 전란

시기에 1천여 명의 군사를 이끌고 아버지를 따라 종군하였다가 아버지가 전사하자, 귀향하여 아버지의 장례를 치르려 하지 않고 원수를 먼저 갚고자 함으로써 용맹하다는 명성을 얻었다. 경제(景帝) 때 대국(代國)의 재상(宰相)에 임명되었으며, 무제(武帝) 때 회양태수(淮陽太守)가 되었고, 뒤이어 태복(太僕)이 되었다가 연(燕)나라의 재상(宰相)이 되었다. 나중에 불경(不敬)으로 연좌되어 일족이 주살(誅殺)당하였다. 【① 권4-193】

관숙(管叔, ?~기원전 1039)

주 문왕(周文王)의 셋째 아들이며 주공(周公) 단(旦)의 형이다. 무왕(武王)이 은(殷)을 멸하고 여러 아우를 각지에 봉할 때, 그를 관(管)에 봉하고, 주왕(紂王)의 아들 무경(武庚)을 보좌하여 하남(河南)을 다스리도록 하였는데, 무왕이 죽은 뒤에 무경과 함께 반란을 일으켰다가 주공에 의해 죽임을 당하였다. 【① 권5-235】

광성자(廣成子)

고대 전설상의 선인(仙人)이다. 공동산(崆峒山)의 석실(石室)에서 진리와 도를 닦으면서 살았는데, 황제(黃帝)가 그의 소문을 듣고 두 번이나 찾아와 지도(至道)와 치신(治身)의 요체를 물었다고 한다. 【③ 권13-531】

구람(仇覽)

후한 때 고성(考城) 출신으로, 일명은 향(香)이며, 자(字)는 계지(季智)이다. 《후한서(後漢書)》〈순리열전(循吏列傳)〉에 "고성령(考城令) 하내(河內) 왕환(王渙)이 정치는 엄격해야 한다고 주장하였는데, 구람이 덕으로 사람을 교화시켰다는 소문을 듣고 그를 불러 주부(主簿)로 삼고, 그에게 이르기를 '진원(陳元)을 죄주지 않고 교화시켰다고 하는데 매나 새매의 뜻을 얻은 것인가?'라고 묻자, 그는 '매나 새매는 봉새나 난새만 못합니다.'[時考城令河內王渙, 政尚嚴猛, 聞覽以德化人, 署爲主簿. 謂覽曰, '主簿聞陳元之過, 不罪而化之, 得少鷹鸇之志邪?' 覽曰, '以爲鷹鸇不若鸞鳳.']"라고 하였다. 【① 권4-208】

구중(求仲)

한(漢)나라 때 은사(隱士)이다. 그의 벗 장후(蔣詡)가 자신의 집 앞 대숲에 세 갈래 길을 열고서 구중(求仲)과 양중(羊仲) 두 벗하고만 노닐었다고 한다. 【③ 권14-605】

구지(邱遲, 463~508)

절강성(浙江省) 오흥현(吳興縣) 출신으로, 자(字)는 희범(希範)이다. 제(齊)나라의 전중랑(殿中郎)과 양(梁)나라의 주부(主簿), 중서랑(中書郎)과 영가태수(永嘉太守)를 역임하고 사공종사중랑(司空從事中郎)을 역임하였다.

【③ 권13-구지】

굴원(屈原, 기원전 340~기원전 278)

춘추전국시대(春秋戰國時代) 초(楚)나라의 정치가이자 시인이다. 이름은 평(平), 자(字)는 원(原), 호(號)는 영균(靈均)이다. 초나라의 왕족으로 태어나 처음에는 회왕(懷王)의 신임을 받았으나 제(齊)나라와 동맹하여 강국인 진(秦)나라에 대항해야 한다는 합종책(合縱策)을 주장하다가, 진나라와 친교(親交)해야 한다는 연횡책(連橫策)을 주장한 상관대부(上官大夫)의 참언(讒言)에 의해 면직되었고, 후에 회왕이 진(秦)에 억류되어 죽은 뒤 그의 아들 경양왕(頃襄王) 때 다시 쫓겨나 멱라수(汨羅水)에 빠져 죽었다. 그는 당시 초나라 국운을 탄식하며 〈이소(離騷)〉, 〈구가(九歌)〉, 〈천문(天問)〉, 〈구장(九章)〉, 〈구변(九辯)〉 등과 같은 불후의 작품을 남겼다. 【③ 권14-622, 권14-632】

권덕여(權德輿, 759~818)

당나라 천수(天水) 약양(略陽) 출신으로, 자(字)는 재지(載之)이고 권고(權臯)의 아들이다. 윤주(潤州) 단도(丹徒)로 옮겨 가 살았으며, 어려서부터 문사로 이름이 알려져 4살 때 시를 지을 줄 알았고, 15살 때 산문 수백 편을 지어 《동몽집(童蒙集)》을 엮어 명성이 더욱 높았다. 처음에 하남(河南)

막부(幕府)를 보좌했다가 감찰어사(監察御史)로 옮겼고, 여러 관직을 거쳐 헌종(憲宗) 원화(元和) 초에 병부(兵部)와 이부(吏部)의 시랑(侍郎)을 역임하였다. 그 뒤 산남서도(山南西道)의 절도사(節度使)로 나아갔다가 2년 뒤 병으로 귀향하는 도중에 죽었다. 【② 권10-398】

귀곡자(鬼谷子, 기원전 400~기원전 320)

전국시대 초(楚)나라의 사상가이다. 성명과 행적이 모두 알려져 있지 않지만, 일설에는 이름이 왕후(王詡)라고 한다. 영천(潁川)과 양성(陽城)의 귀곡 지방에 은둔해서 귀곡자라고 했다. 진(秦)과 초(楚), 연(燕), 조(趙) 등 7국이 천하의 패권을 다투던 시대에 권모술수의 외교책을 우자(優者)의 도라고 주장한 종횡가(縱橫家)이며, 소진(蘇秦)과 장의(張儀)도 그의 제자였다고 한다. 천지간의 현상은 천지를 생성하는 도에 의하여 이루어지기 때문에, 이는 일정한 법칙에 지배된다고 보았으며, 자신의 뜻을 관철하기 위해서는 상대방의 동정변화를 알아야 한다고 주장했다. 저서로 《귀곡자》 1권이 전해지는데, 후세 사람들은 소진(蘇秦)이 가탁한 것으로 보는 경향이 있다. 【② 권8-322】

금고(琴高)

전국시대 조(趙)나라 사람으로, 거문고를 잘 탔으며, 선도(仙道)를 닦아 신선이 되었다고 한다. 《열선전(列仙傳)》에 "금고(琴高)는 조(趙)나라 사람인데, 장생술(長生術)을 배워 잉어를 타고 다녔다."라고 하였다. 【② 권11-431】

기결(冀缺)

극결(郤缺)이라고도 하며, 춘추시대 진(晉)나라 대부(大夫)이다. 문공(文公)의 신하 구계(臼季)가 기(冀) 지방을 지나다가, 그가 밭을 가는데 그의 아내가 들밥을 내와서 서로 손님을 대하듯이 공경하는 모습을 보고, 문공에게 천거하여 하군대부(下軍大夫)로 삼고 기(冀) 지방을 채읍(采邑)으로

주어 기결(冀缺)이라 불렀다 한다. 【② 권8-327】

기량(杞梁)의 처

춘추시대 제(齊)나라 대부(大夫) 기량(杞梁)의 처이다. 맹강(孟姜)이라고도
한다. 기량의 이름은 식(殖) 또는 식(植)이다. 제나라 장공(莊公) 4년, 제나
라가 거(莒) 땅을 쳤을 때 기량(杞梁)이 전사하자, 교외에서 그의 장사를
지냈다. 이때 그 처의 울음소리가 너무 슬퍼서 듣는 사람마다 모두 눈
물을 흘렸고, 성벽이 저절로 무너졌다고 한다. 《열녀전(列女傳)》 권4 〈제
기량처(齊杞梁妻)〉에 그 내용이 수록되어 있다. 【① 권4-184, ③ 권14-643】

기리계(綺里季)

동원공(東園公), 하황공(夏黃公), 녹리선생(甪里先生)과 함께 진(秦)나라 말기
에 혼란을 피하여 상산(商山)에 은거했던 인물로, 이들을 '상산사호(商山
四皓)'라고 부른다. 호(皓)는 본래 희다는 뜻으로, 이들의 눈썹과 수염이
모두 흰 노인이었다는 데서 유래하였다. 【② 권8-338】

김씨 장씨

김일제(金日磾)와 장탕(張湯)의 집안을 이른다. 김씨는 한 무제(漢武帝) 때
부터 평제(平帝) 때까지 7대에 걸쳐 내시를 지냈고, 장씨는 선제(宣帝) 이
후부터 10여 명이 시중(侍中)과 중상시(中常侍)를 역임하였다. 【② 권7-306】

ㄴ

난왕(赧王, ?~기원전 256)

주(周)나라의 제37대 왕이다. 신정왕(愼靚王)의 아들로, 성은 희(姬)이고,
이름은 연(延)이다. 제후들과 연합하여 진(秦)나라를 공격하였다가 멸망
당하였다. 【① 권2-116】

남평왕 삭(南平王 鑠, 431~453)

송나라 문제(文帝)의 넷째 아들 유삭(劉鑠)이다. 【② 권10-남평왕 삭】

낭야왕(琅琊王, 276~323)

동진(東晉)의 원제(元帝)인 사마예(司馬睿)를 이른다. 【② 권11-455】

노광달(魯廣達, 531~589)

남조(南朝) 진(陳)나라의 명장(名將)이다. 부풍군(扶風郡) 미현(郿縣) 출신으로, 자(字)는 편람(遍覽)이다. 지덕 2년(至德二年)에 안남장군(安南將軍)을 제수받고, 시중(侍中)이 되었다가 다시 안좌장군(安左將軍)이 되었는데, 정명 3년(禎明三年)에 수(隋)나라 장수 하약필(賀若弼)이 군대를 이끌고 강을 건너 종산(鍾山)을 공격해 오자, 그가 직접 무기를 들고 전투에 임하여 병사들을 격려하면서 수많은 적을 무찔렀다. 뒤에 결국 성은 함락하고 포로가 되어 수나라로 끌려간 뒤 얼마 후에 진(陳)나라가 멸망했다는 소식을 듣고 격분하여 병으로 죽으니, 당시에 상서령(尚書令)이었던 강총(江總)이 그의 관(棺)을 어루만지며 통곡한 뒤 시를 지어 그 관 위에 놓아 주었다고 한다. 【③ 권14-608】

노기실(盧記室, ?~592)

북주(北周) 제왕 헌(齊王憲)의 기실(記室)을 지낸 노개(盧愷)를 이른다. 탁군(涿郡) 범양(范陽) 출신으로, 자(字)는 장인(長仁)이다. 성품이 효우(孝友)하고 글을 잘 지었다. 【③ 권14-641】

노담(老聃) 【② 권7-311】 → 노자(老子)

노사도(盧思道, 531?~586)

하북(河北) 탁현(涿縣) 출신으로, 자(字)는 자행(子行)이다. 제(齊)나라 문선제(文宣帝) 때 급사황문시랑(給事黃門侍郎)에 이르고, 주(周)나라에 들어와서는 장교상사(掌敎上士)를 역임하였으며, 수(隋)나라 개황(開皇) 초기에는 산기상시(散騎常侍)를 역임하였다. 【③ 권14-노사도】

노심(盧諶, 284~351)

범양(范陽) 탁현(涿縣) 출신으로, 자(字)는 자양(子諒)이다. 진 무제(晉武帝)의 딸 형양공주(滎陽公主)와 혼인하였고, 유곤(劉琨)이 사공(司空)으로 있을 때 그의 휘하에서 주부(主簿)와 종사중랑(從事中郎)을 역임하였다. 유곤과 함께 북벌에 가담하여 많은 고초를 겪었으며, 훗날 후조(後趙)의 석계룡(石季龍)에게 등용되어 중서감(中書監)에 이르렀으나 고국으로 돌아가지 못하는 것을 늘 부끄럽게 여겼다. 【② 권8-노심】

노양공(魯陽公)

전국시대 초(楚)나라 사람으로, 초평왕(楚平王)의 손자이며 사마자조(司馬子朝)의 아들이다. 《회남자(淮南子)》 권6 〈남명훈(覽冥訓)〉에 "한(韓)나라 군대와 한창 전투 중에 해가 서쪽으로 기울자, 창을 휘둘러서 태양을 90리나 뒤로 물러나게 했다."라고 하였다. 【② 권8-322】

노자(老子, ?~?)

중국 고대의 철학자이며, 도가(道家)의 창시자이다. 성명은 이이(李耳)이고, 자(字)는 담(聃)으로, 노담(老聃)이라고도 한다. 초(楚)나라 고현(苦縣) 출신으로, 춘추시대 말기 주(周)나라의 수장실사(守藏室史)였다. 공자(孔子)가 젊었을 때 낙양으로 그를 찾아가 예(禮)에 대하여 물었다고 한다. 주나라가 쇠퇴한 것을 한탄하여 은퇴할 결심으로 서방(西方)으로 가던 도중에 관문지기의 요청으로 상하(上下) 2편의 글을 써 주었다고 한다. 이 책을 《노자(老子)》라 하고 《도덕경(道德經)》이라고도 하는데, 도가 사상의 효시로 일컬어진다. 이 전기는 의문점이 많아, 노자의 생존을 공자보다 100년 뒤로 보는 설도 있고, 아예 실재 자체를 부정하는 설도 있다. 【해제, ① 권6-275, ② 권8-315, 권9-351, ③ 권12-527, 권13-583, 권14-642, 645】

노장(老莊)

노자(老子)와 장자(莊子)를 같이 일컫는 말이다. 【① 권6-275, ② 권8-315】

노 정공(魯定公, 기원전 556~기원전 495)

노(魯)나라 제26대 왕으로, 이름은 송(宋)이며 양공(襄公)의 아들이다. 재위기간은 기원전 509년부터 기원전 495년까지 15년 동안이며, 공자가 노나라에서 사구(司寇) 벼슬을 하였던 시기도 이때이다.【① 권1-038】

노중련(魯仲連, 기원전 305~기원전 245)

전국시대 제(齊)나라 사람으로, 높은 절개를 지닌 인물이다. 진(秦)나라가 장군 백기(白起)를 시켜 조(趙)나라 수도 한단(邯鄲)을 포위하자, 위(魏)나라 안리왕(安釐王)이 진비(晉鄙)에게 군사를 주어 구원하게 하였는데, 진비는 진군하지 않고 신원연(辛垣衍)을 보내 진과 화친할 것을 주장하였다. 노중련은 그 주장을 부당하게 여겨 진을 황제라고 부르게 된다면 차라리 동해 바다에 빠져 죽겠다[連有踏東海而死耳]고 하면서 조나라의 평원군(平原君)을 설득한 일이 있다. 뒤에 신릉군(信陵君)의 군대가 와서 진군을 물리치고 조나라를 구제하는 데 큰 공을 세웠으나, 관직을 사임하고 해중(海中)으로 들어가 은거하였다.【② 권7-306, 권10-393, 권10-400, 권11-454】

녹리선생(甪里先生)

동원공(東園公), 하황공(夏黃公), 기리계(綺里季)와 함께 진(秦)나라 말기에 혼란을 피하여 상산에 은거했던 인물로, 이들을 '상산사호(商山四皓)'라고 부른다. 호(皓)는 본래 희다는 뜻으로, 이들의 눈썹과 수염이 모두 흰 노인이었다는 데서 유래하였다.【② 권8-338】

녹주(綠珠, ?~300)

광서성(廣西省) 박백현(博白縣) 출신으로, 용모가 아름다웠으며, 피리를 잘 불었고 가무에 능하였다. 진(晉)의 부호(富豪) 석숭(石崇)은 자신의 집에 금곡원(金谷園)을 만들어 녹주를 머물게 하고 그를 애첩으로 삼았는데, 당시의 세력가 손수(孫秀)의 청을 거절하였다가 그의 보복을 당하여 죽

게 되자, 녹주가 먼저 누각 아래로 몸을 던져 그들의 사랑을 지켜 냈다고 한다. 【③ 권14-639】

농옥(弄玉)

진 목공(秦穆公)의 딸이다. 퉁소를 잘 분다는 소사(蕭史)를 남편으로 맞아 목공이 지어 준 봉대(鳳臺)에서 살다가 남편과 함께 봉황을 타고 하늘로 올라가 신선이 되었다고 한다. 【② 권11-432, ③ 권13-534】

뇌양(牢梁, ?~?)

한 원제(漢元帝) 때 중서복야(中書僕射)가 되어 중서령(中書令) 석현(石顯)과 소부(少府) 오록충종(吾鹿充宗)과 붕당을 지어 권력을 전횡하다가 성제(成帝)가 즉위한 뒤 석현이 권력을 잃자, 그도 함께 파직되었다. 【① 권4-197】

누선장군(樓船將軍)

한(漢)나라 때 수군(水軍) 장군 양복(楊僕)을 이른다. 《사기(史記)》〈남월열전(南越列傳)〉에 한 무제(漢武帝) 때 남월(南越)이 반란을 일으키자, 그가 전공(戰功)을 세워 장량후(將梁侯)에 봉해졌다는 기록이 있다. 【③ 권14-643】

ㄷ

단간목(段干木, 기원전 475~기원전 396)

전국시대 위(魏)나라 사람이다. 위 문후(魏文侯)가 처음 그의 집을 찾았을 때 담을 넘어 피한 적도 있으나, 문후가 궁궐을 나와 그의 집 앞을 지날 때면 반드시 수레에서 일어나 예를 표하였다고 한다. 진(秦)나라가 병사를 일으켜 위나라를 공격하려다가 그의 현명함에 대하여 문후가 예로써 대우한다는 소식을 듣고 돌아갔다고 하며, 그가 위나라에서 벼슬하는 동안 진나라가 침범하지 않았다고 한다. 【② 권7-306】

단규(段珪, ?~189)

후한 때의 환관(宦官)으로 십상시(十常侍) 중 한 사람이다. 영제(靈帝) 때 중상시(中常侍)로 열후(列侯)에 봉해졌으며, 환관 장양(張讓), 조충(趙忠) 등과 무리를 지어 나쁜 짓을 자행하였다. 중평 6년에 소제(少帝)가 즉위한 뒤에, 대장군 하진(何進)이 환관을 주살하려는 계획을 알아차리고 그를 속여 먼저 제거하였다. 원소(袁紹) 등이 환관을 죽이자, 장양과 함께 소제를 협박하여 달아났다가 민공(閔貢)에게 죽임을 당하였다. 【① 권4-212】

단생(段生) 【② 권10-393】 → 단간목(段干木)

단필제(段匹磾, ?~321)

서진(西晉) 선비족(鮮卑族)으로 요서(遼西)에 세거(世居)하였다. 건무 원년(建武元年)에 유곤(劉琨)과 결맹(結盟)하여 석륵(石勒)을 토벌하고, 뒤에 유주자사(幽州刺史)를 역임하였으며 발해공(渤海公)에 봉해졌다. 【② 권8-315】

담주(聃周)

담(聃)은 노자(老子)의 자(字)이고, 주(周)는 장자(莊子)의 이름이다. 【② 권-315】 → 노장(老莊)

도당씨(陶唐氏)

요(堯)임금이 처음에는 당후(唐侯)였고, 뒤에 천자(天子)가 되어 도(陶)에 도읍하였기 때문에 그를 도당(陶唐)이라 한다. 그는 제곡(帝嚳)의 아들이며, 116세를 살았고 재위 기간은 98년이었다고 한다. 【예언】

도잠(陶潛, 365~427)

동진(東晉)과 송대(宋代)의 시인으로, 자(字)는 연명(淵明) 또는 원량(元亮)이다. 문 앞에 버드나무 5그루를 심어 놓고 오류선생(五柳先生)이라 자칭하였으며, 강서성 구강현(九江縣)의 남서 시상(柴桑) 출신이다. 생활을 위해 진군참군(鎭軍參軍)과 건위참군(建衛參軍) 등의 관직을 지냈다. 항상 전원 생활에 대한 사모의 정을 달래지 못하다가 41세 때에 누이의 죽음을 구실 삼아 팽택현(彭澤縣) 현령(縣令)을 사임한 뒤 다시는 관직 생활을 하지 않았다. 이 시기에 쓴 글이 〈귀거래사(歸去來辭)〉이다. 그의 시풍은 후대의 많은 시인들에게 영향을 끼쳐, 문학사에 큰 업적을 남겼다. 시 외에 〈오류선생전(五柳先生傳)〉과 〈도화원기(桃花源記)〉 등 산문에도 뛰어났고, 지괴소설집(志怪小說集)인 《수신후기(搜神後記)》의 작자로도 알려져 있다. 【② 권8-도잠, 권9-도잠】

도주공(陶朱公) → 범여(范蠡)

도홍경(陶弘景, 456~536)

남조 양(梁)나라 학자이다. 단릉말릉(丹陵秣陵) 출신으로, 자(字)는 통명(通明)이고, 호는 은거(隱居)이다. 아버지가 첩에게 살해된 사실로 인하여 일생을 결혼하지 않고 홀로 지냈다. 일찍이 관직을 사퇴하고 구곡산(句曲山), 즉 모산(茅山)에 은거하였고, 유·불·도 삼교(三敎)에 능통하였다. 도교 관련 저서로는 《진고(眞誥)》와 《등진은결(登眞隱訣)》, 《진령위업도(眞靈位業圖)》 등이 있고, 문집으로는 《화양도은거집(華陽陶隱居集)》이 있으며, 《본초경집주(本草經集注)》와 《제대연력(帝代年曆)》도 저술하였다. 【③ 권13-도홍경】

동문오(東門吳)

춘추시대 양(梁) 땅 사람으로, 자식이 죽었을 때 슬퍼하지 않았다는 인물이다. 《열자(列子)》〈역명(力命)〉에는 "위(魏)나라 사람 동문오가 아들이 죽었는데도 슬퍼하지 않자, 집사가 '공의 아들 사랑이 천하에 둘도 없었는데, 이제 아들이 죽었거늘 슬퍼하지 않는 것은 어째서인가?' 하니, 대답하기를 '나는 일찍이 자식이 없었으니, 자식이 없다고 슬퍼하지 않았다. 지금 자식이 죽은 것은 자식이 없었던 것과 같은데 내가 무엇 때문에 슬퍼하겠는가.'라고 하였다." 하였다. 【② 권7-303】

동방삭(東方朔, 기원전 161~기원전 93)

한 무제(漢武帝) 때의 사람으로, 평원군(平原郡) 염차(鹽次) 출신이다. 자(字)는 만천(曼倩)이며, 벼슬이 금마문시중(金馬門侍中)에 이르고 해학과 변설로 이름이 났다. 속설(俗說)에 서왕모(西王母)의 복숭아를 훔쳐 먹어 죽지 않고 장수했으므로 '삼천갑자 동방삭'이라고 일컬으며, 후세에는 오래 사는 사람을 비유하는 말로 쓰인다. 저서에 《답객난(答客難)》과 《비유선생전(非有先生傳)》, 《칠간(七諫)》 등이 있다. 【① 권2-동방삭】

동중서(董仲舒, 기원전 179~기원전 104)

한 무제(漢武帝) 때의 유학자로, 하북성(河北省) 광천현(廣川縣) 출신이다. 일찍부터 공양전(公羊傳)을 익혔으며 경제(景帝) 때 박사가 되었다. 장막을 치고 제자를 가르쳤기 때문에 그의 얼굴을 모르는 제자도 있었다. 무제(武帝)가 즉위하여 인재를 구하자 〈현량대책(賢良對策)〉을 올려 인정을 받았으며, 무제의 새로운 문교정책에 참여하였다. 그러나 뒤에 자신의 학설로 말미암아 투옥되는 등 파란 많은 생애를 살았다. 저서에 《동자문집(董子文集)》과 《춘추번로(春秋繁露)》 등이 있다. 【② 권8-327, ③ 권12-530】

동탁(董卓, 139~192)

한대(漢代) 말기의 권신(權臣)이자 군벌(軍閥)이다. 영천(潁川)출신으로, 자(字)는 중영(仲潁)이다. 병주목사(幷州牧使)로 있다가 영제(靈帝)가 죽자, 하진(何進)과 원소(袁紹)의 밀조(密詔)를 받고 낙양으로 진군하여 소제(少帝)를 폐위시키고 헌제(獻帝)를 세웠다. 뒤에 전횡을 일삼다가 부하인 여포(呂布)에게 살해당하였다. 【① 권3-147】

동혼후(東昏侯, 483~501)

남북조시대 제(齊)나라 황제 소보권(蕭寶卷)이다. 난릉군(蘭陵郡) 난릉현(蘭陵縣) 출신으로, 자(字)는 지장(智藏)이며 본명은 명현(明賢)이다. 소인배를 임용하여 학살 정치를 자행하였으며, 대규모 토목공사를 벌이고 총희(寵姬) 반비(潘妃)에게 미혹되어 국정을 문란케 하였다. 재위 기간은 498년부터 501년까지이다. 【③ 권12-506】

두강(杜康)

주(周)나라 때 술을 최초로 빚었다는 사람이다. 조조가 54세 되던 해에 지은 〈단가행(短歌行)〉에서 언급한 후로 '두강'은 술의 대명사가 되었다. 도연명(陶淵明)도 "의적(儀狄)은 술을 만들었고 두강은 이를 발전시켰다." 라고 하여 두강을 술의 시조로 추대한 바 있다. 【① 권5-215】

두씨 아내

오호십육국(五胡十六國) 시대 전진(前秦) 무공(武功) 사람으로, 이름은 소혜(蘇蕙)이며, 자(字)는 약란(若蘭)이다. 남편인 두도(竇滔)가 죄로 인해 변방 사막으로 이송(移送)되자, 480자에 달하는 〈회문선도시(廻文旋圖詩)〉를 종횡으로 반복해서 읽을 수 있게 오색 실로 짜서 보냈는데, 내용이 매우 처완(悽惋)하다는 평이 있다. 【③ 권14-638, 권14-659】

두영(竇嬰, ?~기원전 131)

전한 때의 황실 인척으로, 재물을 귀하게 여기지 않고 베풀기를 좋아하여 왕에게 하사받은 금은보화를 복도에 늘어놓고 사람들이 마음대로 가져가게 하였다 한다. 【② 권7-312】

등생(鄧生, 2~58)

후한(後漢) 광무제(光武帝) 때 사람으로, 이름은 우(禹)이고, 자(字)는 중화(仲華)이며, 남양(南陽) 신야(新野) 출신이다. 광무제가 등극한 뒤에 그를 대사도(大司徒)로 임명하고 찬후(酇侯)에 봉하였다. 또한 개국명장(開國名將)으로 운대(雲臺)의 28명 장수 중의 한 사람이기도 하다. 【② 권8-316】

마원(馬援, 기원전 14~49)

후한 때의 장수이다. 섬서성(陝西省) 홍평현(興平縣) 북동지방의 우부풍(右扶風) 무릉(茂陵) 출신으로, 자(字)는 문연(文淵)이다. 왕망(王莽)의 부름을 받아 한중랑태수(漢中郞太守)가 되었다가 외효(隗囂) 밑에서 벼슬한 바 있고, 다시 광무제 때 태중대부(太中大夫)가 되었다. 이어서 농서태수(隴西太守)가 되어 감숙성 방면의 강(羌)·저(氐) 등의 외민족을 토벌하였다. 41년 이후에는 복파장군(伏波將軍)에 임명되어, 교지(交趾: 북베트남)에서 봉기한 징측(徵側)과 징이(徵貳) 자매의 반란을 토벌하고, 하노이 부근의 낭박(浪泊)까지 진출하여 그곳을 평정한 바 있다. 그 공로로 43년에 신식후(新息侯)가 되었다. 【① 권2-마원】

망서(望舒)

달을 운행한다는 선인(仙人)의 이름인데, 주로 달을 지칭한다. 《초사(楚辭)》〈이소(離騷)〉에 "먼저 망서(望舒)로 하여금 앞에서 달려가도록 하고, 뒤에 비렴(飛廉)으로 하여금 쫓아가게 하였다.[前望舒使先驅兮, 後飛廉使奔屬.]"라고 하고, 왕일(王逸)의 주(注)에 "망서는 월어(月御)이다."라고 하였다. 【③ 권12-482】

맹공(孟公) → 유공(劉龔)

맹덕(孟德)

삼국시대 위(魏)나라 조조(曹操)의 자(字)이다. 【① 권5-215】→ 위 무제(魏武帝)

맹헌자(孟獻子, ?~기원전 554)

희성(姬姓)이며 맹손씨(孟孫氏)로, 이름은 멸(蔑)인데, 세칭 중손멸(仲孫蔑)로 통한다. 맹손씨의 5대 종주(宗主)로 절약정신을 고취시켜 당시 노(魯)나라에서 어진 대부(大夫)로 칭송받았으며, 맹손씨가 부흥하는 데 지대한 공헌을 하였다. 원래는 중손씨(仲孫氏)였으나 그의 선대에 노 민공(魯閔公)의 시해(弒害) 사건에 직접 가담한 사실을 피휘(避諱)하기 위하여 후대에 맹손씨(孟孫氏)로 개칭(改稱)하였다. 【① 권5-226】

면구(綿駒, ?~?)

춘추시대 제(齊)나라 사람으로 노래를 잘 불렀다는 인물이다. 그가 고당(高唐)에서 살고부터 제우(齊右) 사람이 모두 교화되어 노래를 잘 불렀다고 한다. 【① 권6-273】

명소(明紹, ?~483)

남조(南朝) 송(宋)·제(齊)의 은사(隱士)이자 경학가(經學家)인 명승소(明僧紹)이다. 평원군(平原郡) 격현(鬲縣) 출신으로, 자(字)는 휴열(休烈) 또는 승렬(承烈)이다. 제(齊) 건원(建元) 2년(480)에 섭산(攝山)에 은거하며 서하정사(棲霞精舍)를 지었고, 그가 죽은 뒤 영명(永明) 7년(489)에 법도선사(法度禪師)가 서하정사를 기초로 삼아 서하사(棲霞寺)를 세웠다. 【③ 권14-604】

명여경(明餘慶)

수(隋)나라 때 평원군(平原郡) 격현(鬲縣) 출신으로, 사문랑(司門郎)과 국자좨주(國子祭酒)를 역임하였다. 【③ 권14-명여경】

명원(明遠) → 포조(鮑照)

명제(明帝, 205?~239)

삼국시대 위(魏)나라 제2대 황제이다. 이름은 예(叡)이고, 자(字)는 원중(元仲)이며, 문제(文帝)인 조비(曹丕)의 태자이다. 문제의 유언에 따라 조진(曹眞)과 조휴(曹休), 사마의(司馬懿), 진군(陳群) 등이 보좌하였으며, 침의과단(沈毅果斷)한 성품으로, 부화(浮華)한 무리를 물리치고 스스로 정치를 단행하였다. 즉위 초에 오(吳)와 촉(蜀)이 연합하여 공략해 오자, 사마의 등 무장을 파견하고 자신도 출전하여 오를 격퇴하였다. 그의 생모는 문소황후(文昭皇后) 견씨(甄氏)이다. 13년간 재위하고 그가 죽자, 양자로 삼은

제왕(齊王)인 방(芳)을 보좌한 자들의 내분으로, 사마씨(司馬氏)가 실권을 장악하였다. 【① 권5-명제】

모영(茅盈, 기원전 145~?)

한(漢)나라 경제(景帝) 때 사람으로, 자(字)는 숙신(叔申)이며, 도교(道敎) 모산파(茅山派)의 창시자이다. 전설(傳說)에 나이 열여덟에 항산(恒山)에 가서 수도하다가 강남(江南) 구곡산(句曲山)으로 옮겨 가 은거하면서 벽곡술(辟穀術)과 의술(醫術)을 연마하여 사람들을 치료해 주었다고 하고, 뒤에 그의 아우 고(固)와 충(衷)도 함께 수도하여 상당한 경지에 이르자, 당시 사람들은 이 삼형제를 "삼모진군(三茅眞君)"이라 불렀다고 한다. 【① 권1-067】

모영가(毛永嘉, 516~587)

남조(南朝) 진(陳) 때 형양(滎陽) 양무(陽武) 출신으로, 이름은 희(喜)이며, 자(字)는 백무(伯武)이다. 서법(書法)에 능하였으며 특히 초서(草書)와 예서(隸書)를 잘 썼다. 지덕원년(至德元年, 583)에 진후주(陳後主) 진숙보(陳叔寶)가 즉위하여 신위장군(信威將軍)과 영가내사(永嘉內史)를 제수하였다. 【③ 권14-599】

모융(牟融, ?~79)

후한(後漢) 때의 경학자이다. 북해군(北海郡) 안구현(安丘縣) 출신으로, 자(字)는 자우(子優)이다. 명제(明帝) 때 무재(茂才)로 천거되어 풍지현령(豊地縣令)을 맡은 3년 동안 고을에 옥송(獄訟)이 없었고, 장제(章帝)가 즉위한 뒤에 태위(太尉)로 승직하였으며, 사례교위(司隸校尉)와 대홍려(大鴻臚)와 대사농(大司農)과 사공(司空) 등의 관직을 역임하였다. 【① 권1-093】

모초성(茅初成)

이름은 몽(濛)이고, 초성(初成)은 자(字)이다. 전설상에 함양(咸陽) 출신으로 삼모진군(三茅眞君)의 선조(先祖)라고 하며, 도교(道敎)에서는 그를 선인(仙人)으로 지칭한다. 예지력이 있어서 주(周)나라가 쇠퇴할 것을 알았고, 귀곡자(鬼谷子)를 스승으로 삼아 장생양성(長生養性)의 술법을 익힌 다음, 화산(華山)으로 들어가 수련하다가 진시황(秦始皇) 당시에 용을 타고 하늘로 올라가 신선이 되었다고 한다. 【① 권1-067】

무기상시(武騎常侍) → 사마상여(司馬相如)

무선(茂先) → 장화(張華)

무습(繆襲, 186~245)

삼국시대 위(魏)나라의 관료이다. 동해군(東海郡) 난릉현(蘭陵縣) 출신으로, 자(字)는 희백(熙伯)이며, 재능과 학식이 풍부하여 저술한 글이 많았다. 조조(曹操)와 조비(曹丕)와 조예(曹叡)와 조방(曹芳)에 이르는 네 왕조를 모두 섬겼으며, 벼슬이 상서광록훈(尙書光祿勳)에 이르렀다. 【① 권6-무습】

문선제(文宣帝, 526~559)

북제(北齊) 초대 황제인 현조(顯祖) 문선황제(文宣皇帝) 고양(高洋)이다. 자(字)는 자진(子進)이며, 진양(晉陽)에서 태어나 진양락(晉陽樂)이라고도 불린다. 큰 지략이 있었으나 어리석은 듯 보였고, 도량이 넓었다고 한다. 재위 초기에는 정치에 정신을 쏟았으나 후기에는 포학하였고 극도로 사치하였다. 【③ 권14-636】

문통(文通) → 강엄(江淹)

미자(微子)

중국 고대 은(殷)나라의 현인이다. 주왕(紂王)이 음락에 빠져 폭정을 일삼자, 이를 지성으로 간한 신하 중 삼인(三仁)으로 불리던 세 왕족(微子, 箕子, 比干)의 한 사람이다. 주왕의 형으로서 주왕의 폭정에 대해 여러 차례 간했지만 듣지 않자 국외로 망명했다. 【① 권5-219】

민자건(閔子騫, 기원전 536~기원전 487)

춘추시대 노나라 사람으로, 이름은 손(損)이며, 자건(子騫)은 그의 자(字)이다. 효성 또한 지극하였으며, 벼슬길에도 나가지 않았다. 【① 권6-271】

반고(班固, 32~92)

후한 초기의 역사가이다. 섬서성(陝西省) 함양(咸陽) 출신으로, 자(字)는 맹
견(孟堅)이고, 서역도호(西域都護) 반초(班超)의 형이며 반소(班昭)의 오빠이
다. 아버지 반표(班彪)의 유지를 받들어 고향에서 《한서(漢書)》를 편찬하
던 중 62년경 국사를 개작한다는 중상모략으로 투옥되었으나 반초의
노력으로 명제(明帝)의 용서를 받아, 20여 년에 걸쳐 《한서》를 완성하였
다. 【① 권2-반고】

반비(潘妃)

남북조시대 제(齊)나라 동혼후(東昏侯) 소보권(蕭寶卷)의 비(妃)로, 용모가
아름다웠으며 사치스럽고 무절제하여 나라를 망하게 하였다. 전족(纏
足)으로 황금의 연꽃 위를 걸었다는 일화가 전해지며, 이로써 전족을 금
련(金蓮)이라 부르게 되었다 한다. 【③ 권12-506】

반씨(潘氏) → 반악(潘岳)

반악(潘岳, 247~300)

서진(西晉) 때의 문인이다. 하남성(河南城) 형양(榮陽) 출신으로, 자(字)는
안인(安仁)이며, 어릴 때부터 신동이라 불리었다. 가충(賈充)의 서기관을
시작으로 여러 관직을 역임하였는데, 조왕(趙王) 사마륜(司馬倫)이 집권하
자, 아버지의 옛 부하 손수(孫秀)의 모함으로 일족이 모두 주살되었다.
문학적 재능이 뛰어나 당시의 권세가 가밀(賈謐)의 문객 24우(友) 가운데
의 1인자였으며, 육기(陸機)와 함께 서진문학(西晉文學)의 대표작가로 전
한다. 아내의 죽음을 읊은 〈도망시(悼亡詩)〉 3수는 진정성이 넘쳐흐른다
는 평을 받음으로 해서 당시 수사주의적 문학에 하나의 전기를 마련해
주었다. 【예언, ① 권5-227, ② 권7-303, ③ 권12-523】

반첩여(班婕妤, 기원전 48~2)

전한(前漢) 성제(成帝)의 후궁으로 반첩여(班倢伃)라고도 부르는데, 첩여는 상경(上卿)에 해당하는 궁중 여관(女官)의 이름이다. 어질고 우아하며, 시가(詩歌)에 능하여 처음에는 성제의 총애를 독차지했으나, 노래와 춤에 능한 조비연(趙飛燕) 자매가 궁에 들어오고 나서는 총애를 잃었다. 자신이 조비연 자매에게 미치지 못함을 알고, 또 모함에 빠져 해를 입을 것을 대비하여 스스로 물러나 장신궁(長信宮)에 머물며 부(賦)를 지어 상심(傷心)을 노래하였는데, 그의 작품에는 〈자도부(自悼賦)〉, 〈도소부(搗素賦)〉, 〈원가부(怨歌賦)〉 등이 있다. 【① 권2-반첩여, ② 권11-425, ③ 권13-534】

백도유(帛道猷)

절강성(浙江省) 출신으로, 성(姓)은 풍씨(馮氏)이며 송 효무제(宋孝武帝) 당시에 생존했던 인물이다. 은자(隱者)이면서 고승(高僧)들과 교류하였고, 산수자연을 좋아하여 음영(吟詠)을 즐겼다고 한다. 【② 권9-백도유】

백란(伯鸞)

한(漢)나라 양홍(梁鴻)의 자(字)이다. 【③ 권13-577】 → 양홍(梁鴻)

백리해(百里奚)

춘추시대 진(秦)나라 사람으로, 자(字)는 정백(井伯)이다. 처음에 우공(虞公)을 섬기다가, 뒤에 진(秦)나라 목공(繆公)을 섬겨 재상(宰相)이 되었다. 【② 권8-315】

백마왕(白馬王)

조표(曹彪)를 말하며, 자(字)는 주호(朱虎)이다. 조조(曹操)의 스물다섯 명 아들 중 한 사람이다. 【① 권5-248】

백아(伯牙)

전국시대 초(楚)나라 사람으로 진(晉)나라에서 고관을 지낸 거문고의 달인이다. 그의 절친한 친구이자 자신의 연주에 대하여 잘 알아주던 종자기(鍾子期)가 죽은 뒤에는 더 이상 금(琴)을 타지 않아 '백아절현(伯牙絶絃)'이라는 고사를 남긴 당사자이기도 하다. 【① 권1-050, ② 권9-353】

백이숙제(伯夷叔齊)

주(周)나라의 전설적인 형제 성인(兄弟聖人)으로, 백(伯)과 숙(叔)은 장유(長幼)를 나타낸다. 본래는 은(殷)나라 고죽국[孤竹國: 하북성 창려현(昌黎縣) 부근]의 왕자였는데, 아버지가 죽은 뒤 서로 후계자가 되기를 사양하다가 끝내 두 사람 모두 나라를 떠났다. 그 무렵 주나라 무왕(武王)이 은나라의 주왕(紂王)을 멸하고 주왕조를 세우자, 무왕의 행위가 인의(仁義)에 위배된다 하여 주나라의 곡식을 먹기를 거부하고, 수양산(首陽山)에 몸을 숨기고 고사리를 캐어 먹으며 지내다가 굶어 죽었다. 유가(儒家)에서는 이들을 청절지사(淸節之士)로 크게 높였다. 《맹자집주(孟子集註)》〈만장장구하(萬章章句下)〉에, "백이는 성인의 청백한 자이다.[伯夷聖之淸者.]"라고 하였다. 【② 권11-442】

백제(白帝)

고대 신화에 다섯 천제(天帝) 중 서쪽을 주관하는 신(神)이라 한다. 【① 권1-001】

백종(伯宗, ?~기원전 576)

춘추시대 진(晉)나라 대부이다. 《좌전(左傳)》 노 선공(魯宣公) 15년조에, 초(楚)나라의 공격을 받게 된 송(宋)나라가 사신을 보내 진(晉)나라에 구원병을 요청하자, 경공(景公)이 이를 수락하여 출병 준비를 하였다. 이에 백종이 진나라가 설령 강하다고 해도 초나라를 자극하는 것은 무리라는 뜻으로 "채찍이 제아무리 길어도, 말의 배에는 닿지 않는다[雖鞭之長, 不及馬腹]"라는 시를 인용하여 만류하였다. 【① 권1-077】

번수(樊須) → 번지(樊遲)

번지(樊遲)

공자의 제자로, 번수(樊須)라고도 하며, 자(字)는 자지(子遲)이다. 농사짓는 법이나 채소 가꾸는 법 따위를 공자에게 물어 소인이라는 비난을 들은 바 있다. 송나라 진종 때 익도후(益都侯)에 추봉되었다. 【② 권8-327】

범려(范蠡) → 범여(范蠡)

범복야(范僕射) → 범운(范雲)

범선자(范宣子, ?~기원전 548)

춘추시대 진(晉)나라 정치가, 또는 군사가로 활약했던 사람으로, 성(姓)은 사씨(士氏)이고, 이름은 개(匄)이며, 법가(法家)의 선구자로서 법령을 맡아서 《형서(刑書)》를 지었다. 【예언】

범안성(范安成, 440~514)

범수(范岫)를 이른다. 남조(南朝) 양(梁)나라 제양(濟陽) 고성(考城) 출신으로, 자(字)는 무빈(懋賓)이다. 제(齊)나라 안성군(安城郡) 내사(內史)를 역임하였기 때문에 범안성(范安城)으로 부르기도 한다. 【③ 권12-524】

범여(范蠡, 기원전 536~기원전 448)

춘추시대 월(越)나라의 공신으로 자(字)는 소백(少伯)이다. 오왕(吳王) 부차(夫差)에게 붙잡혀 갔다가 풀려나서 월왕(越王) 구천(句踐)을 도와 결국 오나라를 멸망시켰다. 그는 높은 명성을 얻은 뒤에는 오래 살기 어렵다고 하며 벼슬을 내어놓고 미인 서시(西施)와 함께 오호(五湖)에 배를 띄우고 놀았다고 한다. 또한 도(陶) 땅에 가서 호(號)를 도주공(陶朱公)이라 일컫고, 다시 수만 금을 모아 대부호가 되었다고 한다. 그로 인하여 중국 후대의 민간 재신(財神)의 원형 중의 한 명이 되었다. 【① 권1-065, ② 권10-393, 권11-441】

범엽(范曄, 398~445)

남조 송(宋)나라의 사학자이다. 순양군(順陽郡) 순양현(順陽縣) 출신으로,

자(字)는 울종(蔚宗)이다. 예서(隸書)에 능하였고 음률(音律)에 정통하였다. 432년 선성태수(宣城太守)로 좌천되면서 역사 연구에 몰두하여 10여 년의 각고 끝에 《후한서(後漢書)》를 편찬하였는데, 이 책은 후한시대 최고의 역사서로 평가받는다. 팽성왕(彭城王) 유의강(劉義康)을 옹립하기 위해 모의하다가 사전에 발각되어 처형당하였다. 【② 권11-457】

범운(范雲, 451~503)

남향(南鄕) 무음(舞陰) 출신으로, 자(字)는 언룡(彦龍)이다. 송(宋), 제(齊), 양(梁) 세 왕조에 걸쳐 벼슬을 하였으며, 양 무제 소연(蕭衍), 심약(沈約), 사조(謝朓) 등과 함께 제나라 경릉왕(竟陵王) 소자량(蕭子良)이 주도한 '경릉팔우(竟陵八友)' 중의 한 사람으로 활동하였다. 양(梁)의 건국 이후에 무제(武帝)의 참모로 중용되어 벼슬이 상서우복야(尙書右僕射)에 이르고, 사후에 시중 위장군(侍中衛將軍)에 추증되었다. 【③ 권12-477, 권13-범운, 권13-547】

병만용(邴曼容)

이름은 단(丹)이며, 만용은 자(字)이다. 높은 벼슬을 피하고 일부러 낮은 벼슬을 하였으며, 한평생 자신의 수양을 우선으로 하는 삶을 살았다 한다. 【② 권10-411】

복희(伏羲)

중국 고대 전설상의 제왕이다. 삼황오제(三皇五帝) 중 삼황의 첫 번째인 태호복희씨(太昊伏羲氏)로, 팔괘(八卦)를 처음 만들었으며, 백성들에게 어획(漁獲)과 수렵(狩獵)의 방법을 가르쳤다고 한다. 신농(神農)과 함께 희농(羲農)이라고 불린다. 【② 권9-351】

부구공(浮丘公)

황제(黃帝) 때의 선인(仙人)으로, 홍애(洪崖)와 더불어 전설상의 신선으로 알려져 있다. 주(周)나라 영왕(靈王) 때의 신선 이름이라고도 한다. 【② 권8-322】

부도조(傅都曹, 374~423)

북지군(北地郡) 영주현(靈州縣) 출신으로, 이름은 량(亮)이고, 자(字)는 계우(季友)이며, 부함(傅咸)의 현손(玄孫)이다. 남조 송나라 때 광록대부(光祿大夫) 중서감(中書監), 상서령(尙書令) 등을 역임하였다. 도조(都曹)는 관직 이름이다.【② 권11-437】

부랑(傅郞)

진(陳)나라의 중서통사사인(中書通事舍人)을 지낸 부재(傅縡, 531~585)를 말한다. 영주(靈州) 출신으로, 양(梁)나라 말에 왕림(王琳)의 기실(記室)을 지내다가 진나라에 들어가서 비서감(秘書監) 우위장군(右衛將軍) 등 여러 벼슬을 역임하였다.【③ 권14-596】

부추왕(負芻王)

전국시대 초(楚)나라 마지막 왕이다. 진(秦)나라 장군 몽무(蒙武)에게 사로잡혀 죽었다.【① 권1-068】

부함(傅咸, 239~294)

서진(西晉) 때의 문신이자 문학가이다. 북지(北地) 이양(泥陽) 출신으로, 자(字)는 장우(長虞)이며, 부현(傅玄)의 아들이다. 태자세마(太子洗馬), 상서우승(尙書右丞), 어사중승(御史中丞)을 역임하고 청천후(淸泉侯)에 봉해졌다.
【② 권7-314】

부현(傅玄, 217~278)

서진(西晉) 때의 문신이자 학자이다. 북지(北地) 이양(泥陽) 출신으로, 자(字)는 휴혁(休奕)이고, 시호는 강(剛)이다. 어려서 고아가 되어 가난했으나 학문을 좋아하였다. 조위(曹魏) 때 고을의 수재(秀才)로 낭중(郎中)에 임명되어 《위서(魏書)》 편찬에 참여하였다. 사마씨(司馬氏)가 위나라를 이은 뒤에도 부마도위(駙馬都尉) 등 여러 관직을 역임하다가, 함령 4년에 관직에서 물러났다. 일생동안 저술한 《부자(傅子)》가 있다.【예언, ② 권7-부현】

사도온(謝道韞)

동진(東晉) 때 시인(詩人)으로, 자(字)는 영강(令姜)이며 서법가(書法家) 왕희지(王羲之)의 아들 왕응지(王凝之)의 부인이기도 하다. 또한 사안(謝安)의 조카딸로 글재주가 뛰어나서 문재가 있는 여인의 대명사로 일컫는다.

【② 권9-사도온】

사마상여(司馬相如, 기원전 179?~기원전 118?)

전한(前漢) 때의 문인으로, 자(字)는 장경(長卿)이다. 어렸을 때에 독서와 검술을 좋아하였으며, 전국시대의 인상여(藺相如)를 사모하여 이름을 상여(相如)로 바꾸었고, 임공(臨邛) 땅에서 탁왕손(卓王孫)의 딸 탁문군(卓文君)과 만나 혼인하였다. 무제(武帝)에게 〈상림부(上林賦)〉를 지어 바쳤다. 그의 작품세계는 풍격이 다양하고 사조(詞藻)가 아름다웠으며, 한부(漢賦)의 제재와 묘사 방법을 보다 풍부하게 하여 부체(賦體)를 한(漢)나라의 대표적인 문학 형태로 자리매김할 수 있도록 하는 데에 크게 공헌하였다. 그는 평소에 소갈병 때문에 늘 고생을 하였다 한다. 혜강(嵆康)이 쓴 〈고사전찬(高士傳贊)〉에 "장경은 세상을 오만하게 보았다.[長卿世慢.]" 하였다. 【① 권2-사마상여, ② 권7-306, 권10-411, 권11-420, 권11-454, ③ 권13-560, 권14-616, 권14-643, 권14-658】

사마양저(司馬穰苴)

전국시대 제(齊)나라의 병법가이다. 경공(景公) 때 진(晉)나라와 연(燕)나라가 쳐들어왔는데, 그가 장군이 되어 나가서 모두 물리쳤다. 그 후 다른 대부(大夫)들의 참소를 듣고 경공이 그를 물리치자, 병으로 죽었다.

【② 권7-306】

사마염(司馬炎, 236~290)

서진(西晉)의 초대황제인 세조 무황제(世祖武皇帝)로 자(字)는 안세(安世)이다. 아버지 사마소(司馬昭)가 죽자 왕위를 승계하고, 위주(魏主) 조환(曹奐)을 겁박하여 선위(禪位)하게 한 뒤에 그를 진류왕(陳留王)으로 봉하고, 낙양에서 국호를 진(晉)으로 바꾸어 황제가 되었다. 뒤에 사마예(司馬睿)가 건업(建業)에 세운 동진(東晉)과 구별하기 위하여 흔히 사마염의 진을 서진(西晉)이라 칭한다.【예언】

사마의(司馬懿, 179~251)

삼국시대 위(魏)나라 권신이자, 서진(西晉)의 시조이다. 하내군(河內郡) 온현(溫縣) 출신으로, 자(字)는 중달(仲達)이다. 사마선왕(司馬宣王) 또는 진나라의 고조(高祖) 선제(宣帝)라고도 한다. 처음에는 조조(曹操)의 신하가 되었으며, 문제(文帝)가 위나라를 세운 뒤 명제(明帝)와 제왕(齊王) 등 3대 황제를 섬기면서 손자인 사마염(司馬炎)이 진(晉)나라를 세울 수 있는 기반을 마련해 주었다.【② 권7-사마의】

사마장경(司馬長卿) → 사마상여(司馬相如)

사마표(司馬彪, ?~306?)

서진(西晉)의 사학자이다. 온현(溫縣) 출신으로, 자(字)는 소통(紹統)이다. 진 왕조의 종실로, 관직은 산기시랑(散騎侍郎)과 비서승(秘書丞) 등을 역임하였다. 후한의 역사를 기술한 《속한서(續漢書)》를 편찬하였으며, 후한 말 군벌들의 혼전 양상을 기술한 《구주춘추(九州春秋)》를 편찬하였다.【② 권7-사마표】

사상(謝尚, 308~357)

동진(東晉)시기 진군(陳郡) 양하현(陽夏縣) 출신으로, 자(字)는 인조(仁祖)이다. 관직은 상서복야(尚書僕射)와 진서장군(鎭西將軍)을 역임하였다.【② 권8-사상】

사연(師涓)

은(殷)나라 말기의 음악가이다. 주왕(紂王)의 명으로 미미지악(靡靡之樂)과 북리지무(北里之舞)라는 음란한 가무(歌舞)를 지어 달기(妲己)에게 바쳤다 한다. 일설에는 춘추시대 위(衛)나라의 악사라고도 한다. 【② 권7-313】

사영운(謝靈運, 385~433)

남북조시대 송나라의 산수시인으로, 본명은 사공의(謝公義)이다. 동진(東晉) 때 조부 사현(謝玄)의 뒤를 이어 강락공(康樂公)의 봉작을 계승하였으므로 사강락(謝康樂)으로도 불렸다. 본래는 진군(陳郡) 하양(陽夏)에서 태어났으나 후에 회계(會稽)로 이주하여 살았다. 어려서부터 학문을 좋아하였고, 문장의 아름다움은 안연지(顏延之)와 더불어 제일이었으며, 종래 서정을 주로 하는 중국 문학 사상에 산수시(山水詩)의 길을 열어 놓았다. 그의 시는 대부분 영가태수로 임명된 이후에 지어진 것들로서, 주로 강남(江南) 산수의 풍경을 묘사한 것인데 언어가 정교하고 화려하며 묘사가 섬세하다. 저서로는 《사강락집(謝康樂集)》이 있고, 불경을 깊이 연구하여 《대반열반경(大般涅槃經)》을 번역하기도 하였다. 【예언, ② 권9-351, 권10-사영운, 권11-416, 권11-419】

사위(士蔿)

춘추시대 진(晉)나라 대부이다. 위(蔿)는 이름이고, 자(字)는 자여(子輿)이다. 《좌전(左傳)》 노 은공(魯隱公) 원년조에, 진나라 헌공의 태자인 신생(申生)에게 신변의 안전을 위하여 국외로 망명하여 오태백(吳太伯)처럼 처신하기를 권유하면서 "마음속에 진실로 하자가 없다면, 어찌 집이 없는 것을 걱정하겠습니까?心苟無瑕, 何恤乎無家.」라는 속담을 인용한 글이 보인다. 【① 권1-077】

사자의(謝諮議, ?~529)

남조 제(齊)나라 관료 출신으로, 이름은 경(璟)이며, 자(字)는 현도(玄度)이

다. 정부의 자문으로 시비와 이해를 상담하는 역할을 하였으며, 자의는
관직 이름이다.【③ 권12-465】

사장(謝莊, 421~466)

남조 송(宋)나라의 문인이다. 진군(陳郡) 양하(陽夏) 출신으로, 자(字)는 희
일(希逸)이다. 부(賦)의 대가(大家)로 "비록 천 리를 떨어져 있어도 밝은 달
과 함께하리니"라는 〈월부(月賦)〉가 대표작이며, 시(詩)로는 초사조(楚辭調)
인 〈회원인(懷園引)〉이 유명하다. 사영운(謝靈運)의 족질(族姪)이다.【② 권11-
사장】

사조(謝朓, 464~499)

남조 제(齊)나라의 시인이다. 하남성(河南省) 대강현(大康縣) 출신으로, 자
(字)는 현휘(玄暉)이다. 진(晉)나라의 명재상인 사안(謝安)의 아우이며, 사
영운(謝靈運)을 대사(大謝), 그를 소사(小謝)라 하고, 사혜련(謝惠連)과 함께
칭할 때는 '삼사(三謝)'라고 불렀다. 명제(明帝) 때 선성태수(宣城太守)를 지
냈으므로 사선성(謝宣城)이라고 부르기도 하며, '경릉팔우(竟陵八友)'의 한
사람으로, 영명체(永明體) 시(詩)의 대표적인 인물이다. 청신(淸新)한 풍격
(風格)을 지닌 오언(五言)으로 된 경물시(景物詩)를 주로 지었다. 당(唐)나라
이백(李白)이 그의 시를 매우 흠모하였다고 한다. 저서에《사선성집(謝宣
城集)》이 있다.【예언, ③ 권12-사조, 권12-525】

사조(史照)

송(宋)나라 미산(眉山) 출신으로, 자(字)는 자희(子熙)이다. 고사(古事)에 정
통하고 글을 잘 썼다. 그가 찬술한《통감석문(通鑑釋文)》30권이 있다.

【① 권1-102】

사종(嗣宗) → 완적(阮籍)

사첨(謝瞻, 387~421)

남조 송(宋)나라의 문인이다. 진군(陳郡) 양하(陽夏) 출신으로, 자(字)는 선

원(宣遠)인데, 통원(通遠)으로도 썼다. 일명(一名)은 첨(檐)으로도 썼다. 숙부(叔父)인 혼(混), 종제(從弟)인 영운(靈運)과 함께 시로 명성을 떨쳤으며, 중서시랑(中書侍郎)을 역임하고 뒤에 예장태수(豫章太守)가 되었다. 【② 권11-사첨】

사형(士衡) → 육기(陸機)

사혜련(謝惠連, 407~433)

남조 송(宋)나라 사람으로, 자(字)는 선원(宣遠)이다. 27세의 짧은 생을 살았지만 그의 종형(從兄)인 사영운(謝靈運)과 사조(謝朓)와 함께 삼사(三謝)로 불릴 만큼 명성을 떨쳤다. 【② 권11-사혜련】

사혼(謝混, ?~412)

동진(東晉)시기 관료이자 문인이다. 하남(河南) 태강현(太康縣) 출신으로, 자(字)는 숙원(叔源)이다. 동진의 정치가 사안(謝安)의 손자로, 벼슬은 중령군(中領軍) 상서좌복야(尚書左僕射)에 이르렀으며, 풍채가 강남의 제일이었다. 【② 권9-사혼】

산간(山簡, 253~312)

하내군(河內郡) 회현(懷縣) 출신으로, 자(字)는 계륜(季倫)이며, 죽림칠현의 한 사람인 산도(山濤)의 다섯째 아들이다. 술을 매우 좋아하여 진남장군(鎮南將軍)이 되어 양양(襄陽)에 있을 때는 집안 동산의 고양지(高陽池)라는 연못에 술을 두고서 항상 취해 있었는데, 한번 취하고 나면 아무것도 분간하지 못할 지경이어서 백접리(白接籬)를 뒤집어썼다고 한다. 【③ 권14-639】

산공(山公) → 산도(山濤)

산도(山濤, 205~283)

위진(魏晉)시기 죽림칠현(竹林七賢)의 한 사람으로, 하내군(河內郡) 회현(懷縣) 출신이며, 자(字)는 거원(巨源)이다. 노장(老莊)의 학을 좋아하였고, 성

격이 소심하고 근신하였다. 【② 권10-390, ③ 권14-605】

상경(常景, ?~550)

하남성(河南省) 온현(溫縣) 출신으로, 자(字)는 영창(永昌)이다. 북위(北魏)와 동위(東魏)에서 우광록대부(右光祿大夫)와 가의동삼사(加儀同三司)를 역임하였다. 《위서(魏書)》〈상경열전(常景列傳)〉에 "청렴과 검소함으로 자신을 단속하였으며, 경서(經書)와 사서(史書)를 주로 읽었다.[淸儉自守 耽好經史.]"라고 하였다. 【③ 권14-상경】

상용(商容)

은(殷)나라 주왕(紂王) 때의 현인으로, 주(周)나라 무왕(武王)이 은을 정벌하고 그의 정려(旌閭)를 세워 주었다. 【③ 권14-664】

상장(尙長)

하내(河內) 출신으로, 자(字)는 자평(子平)이다. 벼슬하지 않고 은둔하여 살았다. 【② 권10-411】

서간(徐幹, 171~218)

후한(後漢) 때 문장가이다. 북해군(北海郡) 극현(劇縣) 출신으로, 자(字)는 위장(偉長)이다. 어려서 오경(五經)을 익히고, 성인이 되기 전에 이미 뛰어난 문장과 높은 식견으로 이름을 얻었다. 벼슬은 낮은 관직에 머물렀고, 중용되지는 못했다. 196년경 조조(曹操)가 군사를 일으켰을 때 잠시 참여하기도 했지만, 병으로 사직하고 귀향하여 생을 마쳤다. 건안칠자(建安七子)의 한 사람이다. 저서에 《중론(中論)》이 있고, 그가 남긴 〈실사(室思)〉는 내용이 절절하고 시정이 풍부하여 인구에 회자되고 있다. 【① 권5-245, 권6-서간】

서릉(徐陵, 507~583)

육조시대(六朝時代) 양(梁)·진(陳)의 문학가이자 정치가이다. 산동성(山東省) 출신으로, 자(字)는 효목(孝穆)이며 시호는 장(章)이다. 양나라에서 벼슬하였고 아버지 서리(徐摛)와 함께 문명이 높았으며, 유견오(庾肩吾)·유신(庾信) 부자와 같이 서유(徐庾)로 칭한다. 뒤에 진(陳)나라에서 광록대부(光祿大夫)와 태자소부(太子少傅)를 역임하였으며, 문집으로 《서효목집(徐孝穆集)》이 있고, 《옥대신영(玉臺新詠)》의 편저자(編著者)이기도 하다. 【예언, ③ 권14-서능】

서도조(徐都曹) → 서면(徐勉)

서면(徐勉, 465~535)

남조 양(梁)나라의 관료이자 문인이다. 동해군(東海郡) 담성현(郯城縣) 출신으로, 자(字)는 수인(修仁)이며, 시호는 간숙(簡肅)이다. 중도조(中都曹)를 지냈기 때문에 도조(都曹)로도 부른다. 양 무제(梁武帝)의 신임을 받아 중서시랑(中書侍郎) 이부상서(吏部尚書) 등을 역임하면서 양나라의 전장(典章)과 조의(朝儀)를 제정하는 데 깊이 관여하였고, 국자학(國子學)과 주군(州郡)에 학교를 세워 교육을 장려하였다. 정무(政務)에 몰두하여 철야하다가 수십 일 만에 귀가하니 기르던 개가 놀라 짖자, "내가 국사를 걱정하느라 집을 잊고 있었더니, 개도 몰라보는구나!" 하였다. 평소에 청렴하여 "남들은 자손에게 재산을 물려주지만 나는 '청백(淸白)'을 물려줄 것이다."라고 하였고, 이부상서(吏部尚書)로 있을 때 문인이 관직을 청탁하려는 뜻을 보이자 '풍월에 관한 이야기만 하자(止談風月)'라고 하여 아름다운 거절을 한 적이 있다. 【③ 권12-471】

서비(徐悱, ?~524)

남조 양(梁)나라 동해군(東海郡) 담성현(郯城縣) 출신으로, 자(字)는 경업(敬業)이다. 서면(徐勉)의 둘째 아들로, 상동왕(湘東王)의 친구였으며 태자사인(太子舍人)으로 진출하여 세마(洗馬)를 역임하고, 진 안왕(晉安王)의 내사(內史)가 되었다. 【③ 권13-서비】

석륵(石勒, 274~333)

　5호16국(五胡十六國)시대 후조(後趙)의 고조(高祖)이다. 본래 갈족(羯族)으로 상당(上黨) 무향(武鄕)에 살았다. 자(字)는 세룡(世龍)이다. 14세에 낙양에 내왕하면서 장사를 하다가 뒤에 도적의 두목이 되어 유연(劉淵)의 부하로 들어갔다. 다시 반기를 들고 후조(後趙)를 세운 뒤, 유요(劉曜)를 살해하여 전조를 멸망시켰다. 5호16국 중에서 가장 세력이 강하였다. 【② 권9-378】

석현(石顯, ?~기원전 33)

　한(漢)나라 때의 환관(宦官)으로, 제남(濟南) 출신이며, 자(字)는 군방(君房)이다. 원제(元帝)가 즉위하였을 때 홍공(弘恭)을 대신하여 중서령(中書令)이 되었는데, 원제가 병이 들자, 대소 정사(政事)를 모두 결정하는 등 권세가 높았다. 이후 성제(成帝)가 즉위하자, 실권(失權)하고 면직(免職)되어 고향으로 돌아가던 중에 병사(病死)하였다. 【① 권4-197】

선니(宣尼) → 공자(孔子)

선문자(羨門子)

　고대(古代)의 신선(神仙)으로, 이름은 자고(子高)이다. 【① 권6-271】

설광덕(薛廣德)

　전한(前漢) 후기의 경학자이다. 패군(沛郡) 상현(相縣) 출신으로, 자(字)는 장경(長卿)이다. 대승(戴勝), 대사(戴舍) 등에게 노시(魯詩)를 가르쳤다. 한 선제(漢宣帝) 때 경학박사(經學博士)가 된 뒤에 어사대부(御史大夫)를 역임하였고, 직언으로 간쟁하다가 사직하고 귀향하였다. 【② 권10-411】

설도형(薛道衡, 540~609)

　수(隋)나라의 시인이다. 하동군(河東郡) 분음현(汾陰縣) 출신으로, 자(字)는 현경(玄卿)이다. 수 양제(隋煬帝)의 미움을 사서 불우한 삶을 살다가 피살되었다. 벼슬은 내사시랑(內史侍郎), 내사사인(內史舍人), 사예대부(司隸大夫)

를 역임하였다. 규정(閨情)에 관한 시와 변새시(邊塞詩)를 많이 지었다.
【③ 권14-설도형, 권14-656】

성황(聖皇) → 조비(曹丕)

소각(蕭慤)

난릉군(蘭陵郡) 난릉현(蘭陵縣) 출신으로, 자(字)는 인조(仁祖)이다. 무평(武平) 연간에 태자세마(太子洗馬)가 되었고, 진 후주(陳後主) 때 제주(齊州)의 녹사참군(錄事參軍)이 되었다. 【③ 권14-소각】

소구덕(蘇九德)

하손(何遜)의 옛 친구의 이름이다. 【③ 권13-569】

소련(少連)

《소학(小學)》〈계고제4(稽古第四)〉에 "소련과 대련은 거상을 잘하여 사흘을 태만하지 않고 석 달을 해이하지 않으며, 일 년을 슬퍼하고 삼 년을 근심하였으니 동이의 자식이다.[少連大連, 善居喪, 三日不怠, 三月不解, 期悲, 三年憂, 東夷之子也.]"라고 하였다. 【② 권7-307】

소명(昭明, 501~531)

남조 양(梁)나라 소명태자(昭明太子) 소통(蕭統)을 이른다. 자(字)는 덕시(德施)이고, 소명은 시호이다. 양 무제(梁武帝) 소연(蕭衍)의 장남으로 황태자가 되었지만, 즉위하기 전에 죽었다. 대표적인 저서로 진(秦)·한(漢) 이후 제(齊)·양(梁)나라의 대표적인 시문을 모아 엮은 《문선(文選)》 30권이 있다. 그는 "문장은 화려하면서도 부박하지 말아야 하며, 전아하면서도 거칠지 않아야 하므로 문과 질이 서로 어울릴 때 군자의 극치를 지니게 된다."라고 주장했다. 【예언】

소무(蘇武, 기원전 140~기원전 60)

전한(前漢) 때의 명신으로, 자(字)는 자경(子卿)이다. 흉노(匈奴) 정벌에 공을 세운 소건(蘇建)의 차남이다. 무제(武帝)의 명으로 흉노 지역에 사신으로 갔을 때, 선우(單于)에게 붙잡혀 복속할 것을 강요당했지만 이에 굴하지 않아 북해(北海: 바이칼호) 부근에 유폐되었다가 19년 만에 풀려났다. 뒤에 선제(宣帝)의 옹립에 가담한 공으로 관내후(關內侯)가 되었다.【예언, ① 권2-소무, 권4-185, ③ 권14-643】

소백(小白, 기원전 716~기원전 643)

춘추시대 제 환공(齊桓公)의 이름이다. 오패(五覇)의 제1인자였던 그는 기원전 643년까지 살았던 인물로, 내란에 의해 형 양공(襄公)이 살해된 뒤, 이복동생 규(糾)를 몰아내고 즉위하였다. 포숙아(鮑叔牙)의 진언으로 규의 옛 신하 관중(管仲)을 재상으로 기용, 그의 협력으로 제후와 회맹하여 신뢰를 얻었다. 특히 규구(葵丘)에서의 회맹으로 그의 패자(覇者)의 자리가 확립되었다고 전한다. 내정에서는 군사적 강화와 상업·수공업의 육성으로 나라를 튼튼히 하였다. 만년에 관중의 유언을 무시하고 추방한 신하를 재등용하여 그들에게 권력을 빼앗기고, 죽은 뒤 내란이 일어났다.【② 권8-316】

소보(巢父)

고대 중국 요(堯)임금 시절의 은자(隱者)로, 속세를 떠나서 산의 나무 위에서 살았기 때문에 붙여진 이름이다. 요임금이 천하를 허유(許由)에게 맡기고자 했지만 이를 사양하고 받지 않았다. 허유가 영천(潁川)에서 귀를 씻고 있는 것을 소를 몰고 온 소보가 보고서 그러한 더러운 물은 소에게도 마시게 할 수 없다며 돌아갔다는 이야기가 전해 오는데, 여기서는 소보와 허유를 구분하지 않고 인용하였다.【① 권4-185】

소연(蕭衍) → 양 무제(梁武帝)

소정묘(少正卯, ?~기원전 496)

춘추시대 노나라 사람으로 수많은 제자를 거느렸으나, 학술로 사람들을 현혹시킨다 하여 당시 대사구(大司寇)였던 공자(孔子)에 의해 처형되었

다. 【① 권1-048】

소제(昭帝, 기원전 94~기원전 74)

이름은 불릉(弗陵)이며, 전한 제8대 황제이다. 시호는 효소황제(孝昭皇帝)인데, 후대에 효(孝) 자를 생략하고 소제(昭帝)로 칭하였다. 효무황제(孝武皇帝)의 아들로 14개월 만에 태어나자, 대신들이 모두 요(堯)임금이 강림했다고 서로 와서 축하하였다. 효무황제가 외척 세력을 견제하고 왕실을 보호하기 위하여 곽광(霍光)과 김일제(金日磾) 등에게 유조(遺詔)를 내려 소제를 잘 보필하도록 하였는데, 소제의 재위기간은 13년이고 수명은 21세였다. 【① 권2-소제】

소탐선(蘇耽仙)

한(漢)나라 말기에 호남성(湖南省)에 살았다는 인물이다. 어려서 아버지를 여의고 어머니를 극진한 효성으로 봉양하다가 어느 날 산으로 올라가 신선이 되었다고 한다. 소선공(蘇仙公)이라고도 한다. 【① 권4-214】

소평(邵平)

진(秦)나라 광릉(廣陵) 출신으로, 동릉후(東陵侯)에 봉해졌다. 진나라가 망한 뒤 장안성 동쪽에다 참외를 심어 생업으로 삼았는데, 맛이 좋고 겉에는 오색무늬가 있었다. 사람들은 이 참외를 소평과(邵平瓜) 또는 동릉과(東陵瓜)라고 불렀다고 한다. 【② 권9-351】

속석(束晳, 261?~300?)

전진(前晉) 때의 경학자이다. 양평(陽平) 원성(元城) 출신으로, 자(字)는 광미(廣微)이다. 저작좌랑(著作佐郎)과 상서랑(尙書郎), 박사(博士) 등을 지냈다. 《시경(詩經)》 〈소아(小雅)〉에 〈남해(南陔)〉, 〈백화(白華)〉, 〈화서(華黍)〉, 〈유경(由庚)〉 등 생시(笙詩) 6편이 있는데, 소리만 있고 가사가 없어 이를 보작(補作)하고 보망시(補亡詩)라 했다. 저술로 《오경통론(五經通論)》, 《발몽기(發蒙記)》 등이 있다. 【② 권7-속석】

손경자(孫卿子) → 순자(荀子)

손등(孫登, 209~241)

자(字)는 자고(子高)이고, 손권(孫權)의 장자(長子)이다. 삼국(三國)시대 동오(東吳)의 황태자(皇太子)였다. 33세의 젊은 나이에 세상을 뜨고 황제의 지위에 오르지 못하였기 때문에 시호를 선태자(宣太子)로 하였다.【① 권6-275】

손만수(孫萬壽, ?~?)

북제(北齊), 북주(北周), 수(隋)나라의 문학가이다. 신도군(信都郡) 무강현(武強縣) 출신으로, 자(字)는 선기(仙期) 또는 하년(遐年)이다. 수 문제(隋文帝) 때 등목왕(滕穆王)의 문학(文學)이 되었으나 사건과 연루되어 강남(江南)으로 유배되었고, 인수(仁壽) 초기에 제왕(齊王)의 문학(文學)이 되었다가 뒤에 대리사직(大理司直)을 역임하였다.【③ 권14-손만수】

손빈석(孫賓碩) → 손숭(孫崇)

손숙오(孫叔敖, 기원전 630?~기원전 593?)

춘추시대 초(楚)나라 장왕(莊王)의 영윤(令尹)이다. 이름은 위오(蔿敖)이고 숙오는 자(字)이다. 원래 침구(寢丘)에 살았기 때문에 침윤(寢尹) 혹은 심윤(沈尹)이라고도 일컫는다.【① 권1-040】

손숭(孫崇, ?~195)

청주(靑州) 북해국(北海國) 안구(安丘) 출신으로, 자(字)는 빈석(賓碩)이다. 일찍이 조기(趙岐)를 구조(救助)해 준 것 때문에 이름이 널리 알려졌다. 환관인 당형(唐衡)이 죽은 뒤에 조기는 군수(郡守), 자사(刺史), 태복(太僕)을 역임하고, 손숭도 청주자사(靑州刺史), 예주자사(豫州刺史)를 역임하였다.【③ 권14-633】

손초(孫楚, ?~293)

진(晉)나라의 문인이다. 태원(太原) 출신으로, 자(字)는 자형(子荊)이다. 혜제(惠帝) 초기에 풍익태수(馮翊太守)를 역임하였다.【② 권7-손초】

손호(孫皓, 243~284)

삼국시대의 오(吳)나라 최후의 황제이다. 오군 부춘(富春) 출신으로, 자(字)는 원종(元宗) 또는 호종(皓宗)이고, 별명은 팽조(彭祖)이다. 손권(孫權)의 손자로 오정후(烏程侯)에 책봉되었고, 제3대 황제 손휴(孫休)의 뒤를 이어 264년에 즉위하였다. 이듬해에 진(晉)왕조가 서자, 9월부터 다음해 12월까지 수도를 건업(建業)에서 무창(武昌)으로 옮겼다. 즉위한 뒤 처음에는 선정을 베풀었지만, 점점 공신 일족들을 물리치고 측근을 들여앉혀 새 제왕으로서의 권위를 확립시키려고 힘썼다. 조세를 가혹하게 징수했고 주색에 빠져 폭정을 일삼았다. 그 때문에 호족세력의 지지를 잃었고, 각지에서 반란이 잇달아 일어나자, 남하하였다가 쳐들어온 진(晉)나라 대군에게 항복하였다. 【① 권6-277】

송보(宋父) → 노 정공(魯定公)

송의(宋意)

전국(戰國)시대 연 태자(燕太子) 단(丹)의 문객(門客)으로, 형가의 친구이다. 모사(謀士)인 전광(田光)이 연 태자에게 인물을 소개하면서 "송의는 맥용(脈勇)을 지녔으므로 화가 나면 얼굴이 파래지고, 무양(舞陽)은 골용(骨勇)을 지녔으므로 화가 나면 얼굴이 하얘지는데, 형가는 신용(神勇)을 지녔기 때문에 화가 나도 전혀 얼굴색이 변하지 않는다."라고 하였다. 【② 권9-356】

송자후(宋子侯)

동한(東漢) 때 사람으로, 전기(傳記)가 명확하지 않다. 【① 권3-송자후】

수부(水部) → 하손(何遜)

수 양제(隋煬帝, 569~618)

수(隋)나라의 제2대 황제이다. 이름은 양광(楊廣), 연호는 대업(大業)이며, 문제의 둘째 아들로 어머니는 문헌독고황후(文獻獨孤皇后)이다. 시호 양

(煬)이 악랄하다는 뜻을 지닌만큼, 권신 양소(楊素)와 결탁하여 제위에 올랐으며, 그때 아버지 문제를 살해하고 그 비(妃)를 범했다고 한다. 즉 위한 뒤에는 만리장성을 수축하였고, 낙양에 동경(東京)을 조영했으며, 남북을 연결하는 대운하를 완성하는 등 큰 토목공사를 자주 벌여 백성 에게 과중한 부담을 주었다. 613년 고구려 제2차 침공을 하다가 양현감 (楊玄感)의 반란이 일어나 철수했다. 대업례(大業禮)와 대업률령(大業律令)의 정비와 대운하의 완성과 같은 큰 업적을 남기기도 했다. 만년에 사치스 러운 생활을 하다가, 신하 우문화급(宇文化及)에게 살해되었다. 【③ 권14- 양제】

수회(隨會)

춘추시대 진(晉)나라 사람으로, 이름은 사회(士會)이며, 수무자(隨武子) 또 는 범무자(范武子)라고도 한다. 진 양공(晉襄公)의 아우 옹(雍)을 위해 싸우 다가 패배하고 진(秦)나라로 도망하여 살았다고 한다. 【③ 권14-676】

순승(荀丞)

남북조시대 유송(劉宋)의 인물로, 상서좌승(尙書左丞)을 지낸 순만추(荀萬 秋)를 이른다. 예주(豫州) 영천군(潁川郡) 영음현(潁陰縣) 출신이다. 《남사(南 史)》〈순만추전(荀萬秋傳)〉에, "만추는 효무제(孝武帝) 초기에 진능태수(晉陵 太守)를 역임하였다."라고 하였다. 【② 권11-435】

순식(荀息, ?~기원전 651)

춘추시대 진(晉)나라 대부(大夫)로, 이름은 암(黯)이며, 식(息)은 그의 자 (字)이다. 진 헌공(晉獻公)이 죽을 때 그에게 아들 해제(奚齊)를 부탁하자, 그는 죽음으로써 충성할 것을 맹서하면서 "신은 전신의 힘을 다하고 거 기다 충정을 더하겠습니다. 일이 이루어지는 것은 하늘에 계시는 영령 의 도움이고, 이루지 못한다면 따라 죽겠습니다.[臣竭其股肱之力, 加之以忠貞, 其濟, 君之靈也, 不濟, 則以死繼之.]"라고 하였는데, 해제가 이극(里克)에게 살해당하자, 다시 해제의 아우인 탁자(卓子)를 세워 보좌하는 것이 옳다는 말을 듣고 탁자를 임금으로 세웠다. 탁자가 또 조정에서 이극에게 살해당하자, 마침내 따라 죽었다. 《春秋左傳, 僖公 9年》【③ 권13-535】

순우곤(淳于髡, 기원전 386~기원전 310)

제(齊)나라 황현(黃縣) 출신으로, 해학(諧謔)과 변론(辯論)의 재능이 뛰어난 세객(說客)이었다. 제나라 위왕(威王)과 추기자(騶忌子)로 하여금 내정을 개혁할 것을 건의한 바 있고, 위(魏)나라에 갔을 때 상경(上卿)을 제의하였으나 수락하지 않았다. 【① 권1-066】

순자[荀子, 기원전 298?~기원전 238?]

전국시대 유학자(儒學者)이고 사상가(思想家)이다. 조(趙)나라 사람으로, 이름은 황(況)이며, 존칭으로 순경(荀卿) 또는 손경자(孫卿子)라고 불렸다. 제(齊)나라에서 직하학궁(稷下學宮)의 좨주(祭酒)를 역임하였고, 초(楚)나라에서는 난릉령(蘭陵令)을 지냈다. 조나라와 진(秦)나라 제후를 찾아다니며 유세하였고, 유학(儒學)을 선양하고 육경(六經)을 전수하였으며, 자사(子思)와 맹자(孟子) 등 유자(儒者)와 함께 묵가(墨家)와 도가(道家) 등 기타 학파를 비평하였다. 한비(韓非)와 이사(李斯) 등의 제자가 있으며, 저서로는 《순자(荀子)》가 있다. 【① 권6-271】

습붕(隰朋, ?~기원전 645)

춘추시대 제(齊)나라 대부로, 행동이 매우 빠르고 민첩하였으며, 말을 썩 잘하여 막힘이 없었다고 한다. 【② 권7-279】

승낭(僧朗)

남조 제(齊)·양(梁)의 학승(學僧)이다. 신삼론학파(新三論學派)의 비조(鼻祖)로, 고구려 요동성(遼東城) 출신이다. 도낭(道朗), 대낭법사(大朗法師), 섭산대사(攝山大師)라고도 한다. 법도선사(法度禪師)에게 경론을 배웠으며, 특히 화엄학(華嚴學)과 삼론학(三論學)에 정통하였다. 섭산(攝山) 서하사(棲霞

寺), 종산(鍾山) 초당사(草堂寺)에서 불법(佛法)을 폈다. 양(梁)나라 천감(天監) 11년(512)에 무제(武帝)가 승낭의 학문을 숭상하여 승전(僧詮) 등 10명을 섭산에 보내어 삼론학을 배우게 하였는데, 승전 한 사람만 그의 학문을 전수하였다. 【③ 권14-604】

승전(僧詮)

남조 양(梁)의 삼론종파(三論宗派) 학승으로, 지관전(止觀詮)이라고도 한다. 관향은 미상이다. 승낭(僧朗)의 제자이며 후에 지관사(止觀寺)에서 삼론종을 크게 일으켰다고 한다. 【③ 권14-604】

신농(神農)

신농씨(神農氏)라고도 한다. 삼황(三皇)으로 일컫는 중국 고대 전설상의 세 임금 중 농경을 장려한 염제(炎帝)를 지칭한다. 백성에게 농경을 가르쳤으며, 백초(百草)를 맛보고 약초를 찾아내어 병을 치료하였다고 한다. 복희(伏羲)와 함께 희농(羲農)이라고 불린다. 우하씨(虞夏氏)와 신농씨는 왕위를 덕이 있는 사람에게 선양(禪讓)했던 대표적인 인물들이다.

【① 권1-013, ② 권9-351】

신릉군(信陵君, ?~기원전 243)

위(魏)나라의 공자(公子)로, 위 소왕(魏昭王)의 아들이며, 이름은 무기(無忌)이다. 진(秦)나라가 조(趙)나라의 수도 한단(邯鄲)을 침공했을 때 조 공자(趙公子) 평원군 승(平原君勝)이 신릉군에게 간곡히 구원을 요청하자, 그가 왕의 총희(寵姬)를 통해 진비(晉鄙)의 인부(印符)를 손에 넣고, 역사(力士) 주해(朱亥)와 함께 가서 진비를 죽이고 그 군사로 진나라를 퇴각시키고 조나라를 구하였다. 【③ 권13-558】

신생(申生, ?~기원전 655)

춘추시대 진 헌공(晉獻公)의 서장자(庶長子)이다. 원래는 진나라의 태자(太子)였으나 헌공이 여희(驪姬)가 낳은 해제(奚齊)를 태자로 삼고, 여희의 계략에 빠져 신생을 팽형(烹刑)에 처하려고 하자, 자신의 출생을 비관하고 난(亂)이 발생하지 않기를 바라며 스스로 자결하였다. 【① 권1-034】

신연년(辛延年)

후한(後漢) 때 사람으로, 전기(傳記)가 명확하지 않다. 【① 권3-신연년】

신후(申后, ?~?)

서주(西周) 유왕(幽王)의 왕후(王后)이며, 태자(太子) 의구(宜臼)의 생모이다. 유왕이 포사(褒姒)를 총애하여 그의 아들 백복(伯服)을 태자로 삼고 신후 와 의구를 폐출시키자, 신후의 아버지 신후(申侯)가 견융(犬戎)을 끌어들여 주(周)나라 수도 호경(鎬京)을 공격하여 유왕을 살해하고 의구를 즉위 시키니, 그가 바로 평왕(平王)이다. 주(周)나라는 평왕이 낙읍(洛邑)으로 천도(遷都)함으로써 서주(西周) 시대를 마감하고 동주(東周) 시대를 여는 새로운 국면을 맞게 되었다. 【② 권11-425】

심경지(沈慶之, 386~465)

남북조시대 송(宋)나라의 장군으로 태위(太尉)에 이르렀다. 양주(揚州) 오 흥군(吳興郡) 무강현(武康縣) 출신으로, 자(字)는 홍선(弘先)이며, 시호는 충 무공(忠武公)·양공(襄公)이다. 문제(文帝) 때 건위장군(建威將軍)을, 효무제 (孝武帝) 때 영군장군(領軍將軍)을 역임하고, 연주자사(兗州刺史)가 되었으며 남창현공(南昌縣公)에 봉해졌는데, 뒤에 폐제(廢帝)의 시중태위(侍中太尉)가 되어 극언(極言)을 간언(諫言)하다가 독약(毒藥)을 하사받고 죽었다. 백면 서생(白面書生)이라는 고사성어를 처음 만든 인물이다. 【② 권11-심경지】

심기실(沈記室) → 심약(沈約)

심약(沈約, 441~513)

남북조시대 양(梁)나라의 시인이자 문인이다. 절강성 무강(武康) 출신으로, 자(字)는 휴문(休文)이고, 호는 은후(隱侯)이며, 시호는 은(隱)이다. 일 찍이 영부(郢府)에서 기실참군(記室參軍)으로 있었기 때문에 심기실(沈記

室)로도 불렸다. 어려서부터 빈곤 속에서도 학문에 힘써 양 무제(梁武帝)의 제업(帝業) 완성을 도와 상서령(尙書令)이 되었다. 박학(博學)하고 시문(詩文)에 능하여 정치가보다는 문인으로 당대에 이름을 떨쳤다. 제(齊)나라의 문혜태자(文惠太子)와 아우 경릉왕(竟陵王) 소자량(蕭子良)의 사랑을 받아 문단의 중건이 되었고, 양나라에 들어가서도 그 세력을 유지하였다. 또 불교에 능통하고 음운에도 밝아, 사성(四聲)의 구별을 명백히 하고 시의 팔병설(八病說)을 제창하였다. 그의 음운설은 영명체(永明體)의 성립과 깊은 관계가 있을 뿐 아니라 근체시(近體詩) 성립의 원인이 되기도 하였다. 《사성보(四聲譜)》와 《진서(晉書)》, 《송서(宋書)》, 《제기(齊記)》, 《송세문장지(宋世文章志)》 등 저술이 많았지만 《송서》만 전한다. 100권이나 되는 문집도 현재는 《한위육조일백삼가집(漢魏六朝一百三家集)》에 실린 《심은후집(沈隱侯集)》 2권과 《한위육조명가집(漢魏六朝名家集)》에 수록된 《심휴문집(沈休文集)》 9권 등이 남아 있을 뿐이다. 【예언, ① 권6-256, ③ 권12-479, 권12-심약, 권13-541】

심조교(沈助敎)

이름은 준(畯)이며, 자(字)는 사숭(士嵩)이다. 처음에 왕국중위(王國中尉)가 되고 뒤에 시랑(侍郞)을 거쳐 국자조교(國子助敎)를 역임하였다. 【③ 권13-568】

○

아동(阿童) → 왕준(王濬)
악군(鄂君) 자석(子晳)

초왕(楚王)의 모제(母弟)로 벼슬은 영윤(令尹)을 지냈다. 월인(越人)이 그의

아름다움을 찬미하여 〈월인가(越人歌)〉를 지었다 한다. 【① 권1-056】

악생(樂生) → 악의(樂毅)

악의(樂毅)

전국시대 연(燕)나라의 걸출한 장수이다. 연소왕(燕昭王)을 도와 조(趙), 초(楚), 한(韓), 위(魏), 연(燕) 다섯 나라의 연합군대를 거느리고 출정하여 제(齊)나라의 70여 성(城)을 함락시킴으로써, 중국 고대 전쟁사에서 약국(弱國)이 강국(强國)을 상대로 승리를 이끈 선례를 남겼다. 【② 권10-393】

안기생(安期生, ?~?)

진(秦)·한(漢) 때 낭야(琅琊) 출신으로, 일찍이 동해변(東海邊)에서 약을 팔았으며, 하상장인(河上丈人)에게 신선술을 배워 신선이 되었다고 한다. 진시황이 동유(東遊)했을 때 삼주야(三晝夜)를 이야기하더니, 금과 옥을 하사해도 받지 않았으며, 수십 년 후 봉래산에서 자기를 찾으라고 하고 떠났는데, 진시황이 그를 찾지 못하자, 부향정(阜鄕亭) 주변의 십여 곳에다 사당(祠堂)을 세웠다고 한다. 【② 권8-322, 권10-401】

안민(顔閔)

안연(顔淵)과 민자건(閔子騫)을 이르는 말로, 공자(孔子)의 제자 10철(十哲) 중에 덕행(德行)으로 이름이 난 사람들이다. 【① 권6-271】

안연(顔淵, 기원전 521~기원전 491)

춘추시대 노나라 사람으로, 공자의 제자이다. 이름은 회(回)이며, 자(字)는 자연(子淵)이다. 자(字)를 따서 안연(顔淵)·안자연(顔子淵)이라고도 부른다. 학덕이 높고 재질이 뛰어나 공자의 가장 촉망받는 제자였다. 그러나 30세의 젊은 나이에 공자보다 먼저 죽었다. 빈곤하고 불우하였으나 개의하지 않았으므로, 공자 다음가는 성인[亞聖]으로 추앙받는다. 그래서 안자(顔子)라고 높여 부르기도 한다. 【① 권6-271】

안연년(顔延年) → 안연지(顔延之)

안연지(顔延之, 384~456)

육조시대 송(宋)나라의 문인이다. 산동성(山東省) 임기현(臨沂縣) 출신으로, 자(字)는 연년(延年)이고, 시호는 헌자(憲子)이다. 성질이 과격하고 술을 즐겼으며, 언행에 조심성이 적어 혹평을 받기도 했지만, 생활은 매우 검소하였고 재물을 가벼이 여겨 도연명(陶淵明)에게 술과 돈을 준 이야기가 세상에 전한다. 자제를 훈계하기 위해 쓴 글 〈정고(庭誥)〉는 가정교육사의 좋은 자료다. 사영운(謝靈運)과 함께 안사(顔謝)라 불리고, 작품은 연어(練語)와 대구(對句)를 중시한 형식미가 돋보인다. 그가 지은 〈송문원황후애책문(宋文元皇后哀冊文)〉이 유명하다. 【예언, ② 권10-안연지, 권11-454】

안자(晏子, 기원전 578~기원전 500)

춘추시대 제(齊)나라의 명신으로, 이름은 영(嬰)이고, 자(字)는 평(平)이며, 시호가 중(仲)인데, 습관적으로 사람들이 안평중(晏平仲)으로 통칭한다. 평소 검소한 생활을 실천했으며, 영공(靈公), 장공(莊公), 경공(景公)의 재상이 되어 국력 배양에 힘썼다. 근면한 정치가로 국민의 신망이 두터웠고, 관중(管仲)과 비견되는 훌륭한 재상이다. 기억력이 뛰어난 독서가였으며, 합리주의적 경향이 강했다고 한다. 【① 권3-148】

안지추(顔之推, 531~591)

산동성(山東省) 출신으로, 자(字)는 개(介)이다. 양 원제(梁元帝) 때 벼슬하여 산기시랑(散騎侍郞)이 되고, 강릉(江陵)이 함락되자, 제(齊)나라로 가서 황문시랑(黃門侍郞)과 평원태수(平原太守)를 역임하였다. 【③ 권14-안지추】

양기(梁冀, ?~159)

후한(後漢) 중기의 관료이다. 안정군 오지현(烏枝縣) 출신으로, 자(字)는 백탁(伯卓)이며, 순제(順帝)의 황후인 양태후(梁太后)의 오빠이다. 순제가 죽은 뒤 충제(沖帝)와 질제(質帝), 환제(桓帝)를 차례로 세우면서 태후와 함께 실권을 쥐고 천하를 뒤흔들었으나 태후가 죽은 뒤에 환제와 환관 단초

(單超) 등에 의하여 살해되었다. 【① 권4-207】

양 무제(梁武帝, 464~549)

남조 양(梁)나라의 초대 황제이다. 이름은 소연(蕭衍)이고, 묘호는 고조(高祖)이다. 박학하고 문무에 자질이 있어, 남제(南齊)의 경릉왕(竟陵王) 소자량(蕭子良)에게 사사하였으며, 그의 집에서 심약(沈約)과 범운(范雲) 등 문인 귀족과 교유하여 팔우(八友)의 이름을 얻었다. 옹주(雍州)의 군단장으로 동혼후(東昏侯)에 대한 타도군을 일으켜, 도읍인 건강(建康: 南京)을 공략하여 남제를 멸망시키고 제위에 올라 국호를 '양(梁)'이라 불렀다. 548년에 일어난 후경(侯景)의 반란으로 병사(病死)하자, 수도 건강은 폐허가 되었다. 【③ 권12-무제, 권12-499, 권13-546】

양소(楊素, 544~606)

수(隋)나라의 정치가이자 군사전략가이다. 홍농(弘農) 화음(華陰) 출신으로, 자(字)는 처도(處道)이며 초국공(楚國公)에 봉해지고, 시호는 경무(景武)이다. 기상이 장대하고 문장에도 남달리 뛰어났다. 북주(北周)에 출사하였다가 양견(楊堅)과 결탁하여 수나라를 세우는 데 크게 공헌하였다. 진왕(晉王) 광(廣)과 함께 진(陳)을 토벌하는 데 활약했고, 납언(納言)과 내사령(內史令), 상서우복야(尙書右僕射) 등의 관직을 역임하였다. 정권을 장악한 뒤 태자 용(勇)을 폐하고 동생 광(廣)을 태자로 봉하게 하였다. 【예언, ③ 권14-양소】

양송령(羊松齡)

생애와 이력이 분명하지 않다. 【② 권8-338】

양운(楊惲, ?~기원전 54)

한(漢)나라 선제(宣帝) 때 사람으로, 자(字)는 자유(子幼)이다. 곽우(霍禹)의 모반(謀反)사건을 고변한 공로를 인정받아 평통후(平通侯)에 봉해졌다. 【① 권2-양운】

양웅(揚雄, 기원전 53~18)

전한(前漢) 말기의 문인 학자이다. 사천성 성도(成都) 출신으로, 자(字)는 자운(子雲)이며 집극(執戟)이라는 별칭이 있다. 청년시절에 동향의 선배인 사마상여(司馬相如)의 작품을 통하여 배운 문장력을 인정받아, 성제(成帝) 때 궁정문인의 한 사람이 되었다. 그는 전일곽(田一廛), 택일구(宅一區)를 소유하였다 한다. 또한 낭관(郎官)에 제수되어 창을 잡고[執戟] 어가(御街)의 호위를 맡았다. 성제의 여행에 수행하며 쓴 〈감천부(甘泉賦)〉와 〈하동부(河東賦)〉, 〈우렵부(羽獵賦)〉, 〈장양부(長楊賦)〉 등은 화려한 문장을 구사하여 성제의 사치를 풍자하였으나, 후에 왕망(王莽)의 정권을 찬미하는 글을 써서 후대에 비난을 받기도 하였다. 시대에 적응하지 못한 자신의 불우한 원인을 기술한 〈해조(解嘲)〉와 〈해난(解難)〉도 독특한 여운을 주는 산문이다. 학자로서 각 지방의 언어를 집성한 《방언(方言)》과 《역경(易經)》에 기본을 둔 철학서 《태현경(太玄經)》, 《논어(論語)》의 문체를 모방한 《법언(法言)》 등을 저술했다. 【① 권4-203, ② 권7-306, 권10-403, ③ 권12-530, 권14-619】

양유기(養由基, ?~기원전 559)

춘추시대 초(楚)나라의 무장이다. 활을 매우 잘 쏘아 백 보 밖에서 표적으로 삼은 버들잎을 꿰뚫을 수 있었으므로, 백발백중(百發百中)이라는 성어(成語)를 탄생시켰다. 양(養)나라 출신으로 나라가 초나라에 의해 멸망한 이후 초나라의 장왕(莊王)과 공왕(共王)을 섬겨 대부(大夫)가 되었다. 이후 강왕(康王)이 즉위하자 궁구윤(宮廐尹)을 역임하였으며, 오(吳)나라와의 전쟁 도중 사망하였다. 진(晉)·초(楚) 시기에 언릉(鄢陵) 전투에서 진나라 장수 위기(魏錡)가 활로 초 공왕(楚共王)의 눈을 쏴서 실명시키자, 단한 발의 화살로 위기를 맞혀 죽였다 한다. 【② 권7-279】

양자운(揚子雲) → 양웅(揚雄)

양주(楊朱, 기원전 440~기원전 360)

전국시대 위(衛)나라 사람으로, 자(字)는 자거(子居)이다. 길을 가다가 갈림길이 나오면 길을 잘못 왔음을 알고 울었다고 한다. 이로 인하여 양주읍기(楊朱泣岐) 또는 양주루(楊朱淚)라는 성어가 생겼는데, 주로 세상살이의 기구함을 슬퍼하거나 석별의 슬픔을 표현할 때 쓰이곤 한다. 《순자(荀子)》〈왕패(王霸)〉에 보인다. 【③ 권14-594】

양처도(楊處道) → 양소(楊素)

양홍(梁鴻, 26?~104?)

후한 때 은사(隱士)이다. 부풍군(扶風郡) 평릉현(平陵縣) 출신으로, 자(字)는 백란(伯鸞)이다. 집안이 가난하여 부인 맹광(孟光)과 함께 시골에서 농사를 지으며 시문 창작을 낙으로 삼고 살았다. 관리들의 사치와 방탕을 풍자한 〈오희가(五噫歌)〉를 비롯하여 〈적오시(適吳詩)〉, 〈사우시(思友詩)〉 등을 지었다. 청렴하고 깨끗한 선비로 알려져 있고, 부인 맹광의 '거안제미(擧案齊眉)' 고사가 유명하다. 【① 권2-양홍】

엄광(嚴光, ?~?)

전한 말기 회계군(會稽郡) 여요현(餘姚縣) 출신으로, 자(字)는 자릉(子陵)이다. 후한 광무제(光武帝)와 함께 수학하였고, 광무제가 즉위하자 성명을 바꾸고 은거하였다. 광무제가 찾아가 간의대부(諫議大夫)를 제수하였으나 사양하고 부춘산(富春山)에 은거하였다. 후세 사람들은 그가 낚시하던 곳을 엄릉뢰(嚴陵瀨)라고 부른다. 【② 권10-397, ③ 권14-658】

엄군평(嚴君平, ?~?)

서한 때 촉군(蜀郡) 성도(成都) 출신으로, 이름은 준(遵)이고 군평은 그의 자(字)이다. 성도시(成都市)에서 점서(占筮)를 잘하였는데, 예언을 하면 세상 사람들이 믿지 않아 그 역시 세상을 버리고 점을 치면서 90이 넘도록 살았다고 한다. 점을 쳐서 1백 냥을 벌면 족하다 하며 가게 문을 닫고, 그 돈이 다 떨어지면 다시 문을 열어 점을 쳤다고 한다. 저서에 《노자지귀(老子指歸)》가 있다. 【① 권6-275, ② 권11-441, ③ 권14-618】

엄자릉(嚴子陵) → 엄광(嚴光)

여안(呂安, ?~262)

위(魏)나라 사람으로, 자(字)는 중제(仲第)이다. 혜강(嵇康)과 친하여 생각이 나면 천 리 길을 달려가서 만나곤 하였다 하여 '천리명가(千里命駕)'라는 성어(成語)를 탄생시켰다. 【① 권6-275】

여양(呂讓, 793~855)

당조(唐朝) 하중부(河中府) 출신으로, 자(字)는 손숙(遜叔)이다. 문종(文宗) 대화(大和) 연간에 해주자사(海州刺史)를 역임하고, 무종(武宗) 당시에는 태자우서자(太子右庶子)를 역임하였다. 【③ 권14-여양】

여오후(蠡吾侯) → 환제(桓帝)

여희(驪姬, ?~기원전 651)

춘추시대 때 여융(驪戎)의 딸이다. 진 헌공(晉獻公)이 여융을 멸하고 데려와 비(妃)로 삼았는데, 태자 신생(申生)을 모살(謀殺)하고, 자기 소생인 해제(奚齊)를 왕위에 앉혔으나, 진나라의 대부 이극(里克) 등에 의해 살해되었다. 여융(驪戎)은 선진(先秦)시기 화하인(華夏人)들의 분열로 인하여 형성된 서융(西戎)의 한 갈래이다. 【① 권1-034】

연년(延年) → 안연지(顏延之)

연자왕 단(燕剌王丹, ?~기원전 80)

한 무제의 제3자로, 광릉여왕(廣陵厲王) 유서(劉胥)의 동모형(同母兄)이다. 기원전 117년에 연왕(燕王)에 봉해졌다. 【① 권2-연자왕 단】

연 태자 단(燕太子丹, ?~기원전 226)

단(丹)은 그의 이름이다. 전국시대 말기에 진(秦)나라가 강성해지기 시작할 무렵 인질이 되어 진나라에 억류되었다가 수모를 당하고 연나라로 도망하여 복수를 결심하였다. 그 후 형가(荊軻)에게 청탁하여 진왕(秦王)을 암살하려다가 실패하고 오히려 자신은 물론 연나라를 패망의 길로 몰고 간 장본인이 되었다. 【① 권1-068, ② 권9-356】

염파(廉頗, ?~?)

전국시대 조(趙)나라의 명장으로, 신평군(信平君)의 칭호를 받았다. 제(齊)나라를 쳐서 크게 이기고 많은 땅을 빼앗았으며, 이어 연(燕)나라의 침입을 물리친 다음 오히려 역공을 취하여, 연나라의 도성을 포위하고 화친을 맺었다. 인상여(藺相如)와 생사를 같이하기로 하면서 '문경지교(刎頸之交)'를 맺은 일로 유명하다. 【② 권7-312, ③ 권12-529】

영계기(榮啓期)

춘추시대의 은자(隱者)이다. 언제나 헐벗은 옷에 거문고를 타며 즐겼는데, 공자(孔子)가 "선생의 즐거움이 무엇입니까?" 하는 질문에 "사람으로 태어난 것이 일락(一樂)이오, 그중에서 남자로 태어났음이 이락(二樂)이오, 90여 세로 장수함이 삼락(三樂)이다."고 대답했다는 일화가 전한다. 이것을 영계기삼락(榮啓期三樂)이라고 한다. 【② 권9-351】

영균(靈均) → 굴원(屈原)

영비(靈妃)

복희씨(伏羲氏)의 딸로 낙수(洛水)를 지키는 신녀(神女)라고 한다. 【② 권8-322】

영씨(嬴氏) → 진시황(秦始皇)

영인(郢人)

흙손질을 잘하는 영(郢) 땅의 사람이다. 기술이나 재능을 알아주는 친구를 비유하는 말로 쓰인다. 영인이 흙손질을 하다가 코끝에 파리 날개만큼이나 얇은 흙이 묻자, 마침 옆에서 도끼질을 하고 있던 장석(匠石)에게 떼어 달라고 하여 장석이 도끼를 휘둘러 코를 다치지 않고 떼어 냈는데, 영인 또한 태연히 서 있었다는 데서 나왔다. 【① 권6-273】

영척(甯戚)

춘추시대 제(齊)나라 대부로 〈반우가(飯牛歌)〉를 지은 사람이다. 쇠뿔을 두드리며 거리에서 노래하자, 환공(桓公)이 기이하게 여기고 수레에 태워 데리고 가서 나랏일을 맡겼다 한다. 【③ 권13-535】

오광(吳廣, ?~208)

진(秦)나라 말기의 양하(陽夏) 출신으로, 자(字)는 숙(叔)이다. 진승(陳勝)과 함께 농민의 난을 주도하여 진승은 왕이 되고, 자신은 가왕(假王)이 되었다. 【예언】

오균(吳均, 469~520)

남조 양(梁)나라의 문인이자 사학자이다. 자(字)는 숙상(叔庠)이다. 조정의 명을 받아 《통사(通史)》를 편찬하다가 완성하지 못하고 죽었다. 산수시(山水詩)를 즐겨 지었고, 독특한 문체를 구사하였으므로, 그의 시체(詩體)를 오균체(吳均體)라고 불렀다. 지괴소설집(志怪小說集)인 《속제해기(續齊諧記)》와 문집 《오조청집(吳朝請集)》이 있다. 【③ 권13-오균, 권13-551】

오도손(敖陶孫)

남송시대 복주(福州) 복청(福淸) 출신으로, 자(字)는 기지(器之)이고, 호는 구옹(臞翁)이다. 남송시대 시파(詩派)의 하나인 강호파(江湖派)의 한 사람이다. 【② 권10-사영운】

오룡자(五龍子)

전설상에 1부(父) 4자(子)인 5인(人)이 사람의 얼굴에 용의 몸을 지닌 신선이었다고 한다. 【② 권8-322】

오릉중자(五陵仲子)

전국(戰國)시대 제(齊)나라 사람으로 진중자(陳仲子)라고도 한다. 형이 만종(萬鍾)의 녹을 받는 것이 정의롭지 못하다 하여 초(楚)나라 오릉(五陵)에 가서 살았기 때문에 그리 불렀다. 초나라 임금이 재상으로 삼으려 하

자, 아내와 함께 도망하여 살았다. 【③ 권13-577】

오매원(吳邁遠, ?~474)

남조 송(宋)나라 때 사람으로, 강주종사(江州從事)와 봉조청(奉朝請)을 역임
하였다. 원휘(元徽) 2년에 강주자사(江州刺史) 계양왕(桂陽王) 유휴범(劉休範)
이 병사를 동원하여 반란을 일으켰을 때 격문(檄文)을 썼다가 실패하자,
가족과 함께 몰살당하였다. 문장에 뛰어난 재주를 보여 자기를 자랑하
고 다른 사람을 업신여기기를 좋아하였다 한다. 【② 권11-오매원】

오손공주(烏孫公主)

오손은 전한(前漢) 때 서역(西域) 지방에 할거하던 터키계(系)의 유목 민
족이다. 한 무제(漢武帝)가 흉노를 무찌르기 위해 건원(建元) 26년(기원전
115) 장건(張騫)을 오손에 보내 동맹을 맺고, 그 뒤 10년 후에 무제의 형
인 강도왕(江都王)의 딸 유세군(劉細君)을 공주로 꾸며 오손왕 엽교미(獵
驕靡)에게 출가시킴으로써 동맹을 더욱 굳건히 하였다. 그러나 먼 이국
의 이민족에게 시집간 오손공주는 정략결혼의 희생이 된 슬픈 운명의
여인으로 망향의 노래를 부르며 슬픈 나날을 보냈다고 한다. 【① 권2-오손
공주】

오원(伍員, 기원전 559~기원전 484)

원래 초나라 사람으로 오나라에 망명하여 살았다. 원(員)은 이름이고,
자(字)는 자서(子胥)이다. 초 평왕(楚平王)이 소인(小人)의 참소(讒訴)를 듣고
아버지와 형을 죄 없이 죽이자, 오나라로 망명한 뒤에 오나라의 장수가
되어 초나라를 쳤지만 이미 평왕(平王)이 죽은 뒤였다. 그래서 묘를 파
내어 시체를 매질하여 아버지와 형의 복수를 하였고, 후에 오나라로 하
여금 패권을 잡게 하였다. 그 뒤 오왕 부차(夫差)가 서시(西施)의 미색에
빠져 정사를 게을리하고, 오히려 간언하던 오자서에게 칼을 주어 자살
케 하였다. 그는 오왕이 자기의 말을 듣지 않고 자기를 죽이니, 자기의

눈을 뽑아 오나라 성 동문(東門)에 걸어서 오나라가 멸망하는 것을 보게 해 달라는 유언을 남겼던 것으로 전한다. 【① 권1-053】

오은지(吳隱之, ?~413)

동진(東晉)의 복양(濮陽) 인성(陣城) 출신으로, 자(字)는 처묵(處默)이다. 광주자사(廣州刺史)를 역임하고 뒤에 중령군(中領軍)이 되었다. 【② 권9-오은지】

온교(溫嶠, 288~329)

진(晉)나라 사람으로, 자(字)는 태진(太眞)이다. 수재로 천거되어 유곤(劉琨)의 참군(參軍)이 되었다. 동진(東晉) 원제(元帝) 때 벼슬이 산기시랑(散騎侍郎)을 거쳐 표기장군(驃騎將軍), 시안군공(始安郡公)에 이르렀다. 【② 권8-321】

온자승(溫子昇, 495~547)

태원(太原) 출신으로, 자(字)는 붕거(鵬擧)이다. 제(齊)나라 고징(高澄)이 끌어들여 자의참군(諮議參軍)으로 삼았다. 원근(元僅)과 유사일(劉思逸)이 난을 일으키자, 고징은 그가 이 사실을 알고 있다고 의심하여 진양옥(晉陽獄)에 가두어 굶겨 죽였다. 【③ 권14-온자승】

옹문(雍門)

전국시대 때 제(齊)나라 옹문 사람으로, 옹문주(雍門周)라고도 한다. 거문고를 잘 타서 맹상군(孟嘗君)으로 하여금 눈물을 흘리게 하였다고 한다. 【① 권1-060】

완보병(阮步兵) → 완적(阮籍)

완생(阮生) → 완적(阮籍)

완시평(阮始平) → 완함(阮咸)

완적(阮籍, 210~263)

삼국시대의 위(魏)나라 시인이다. 진류(陳留) 출신으로, 자(字)는 사종(嗣宗)이다. 완공(阮公), 완생(阮生)이라고 불리었고, 보병교위(步兵校尉)를 지내어 '완보병(阮步兵)'이라고도 불렀다. 혜강(嵇康)과 함께 죽림칠현(竹林七賢)의 중심인물로, 청담(清談)과 세속을 초탈한 삶을 추구하였다. 대표작인 〈영회시(詠懷詩)〉는 자신의 내면세계를 제재로 한 철학적 표백의 연작이다. 전통적인 유교사상이나 기성권력에 반항하는 자세를 노래한 몇 편의 부(賦) 외에, 〈대인선생전(大人先生傳)〉과 원초적인 노장(老莊)사상을 추구하는 작품을 남겼다. 저서에 《달장론(達莊論)》과 《통역론(通易論)》 등이 있다. 《문선(文選)》에 그의 시문이 수록되어 있다. 그의 전기는 《삼국지(三國志)》 권21과 《진서(晉書)》 권49에 수록되어 있다. 【예언, ① 권6-완적, ② 권8-315, 권9-355, 권10-390】

완함(阮咸)

삼국시대 위나라와 서진(西晉)의 문인이다. 진류군(陳留郡) 위씨현(尉氏縣) 출신으로, 자(字)는 중용(仲容)이다. 일찍이 시평태수(始平太守)를 역임하였다 하여 흔히 완시평(阮始平)이라 부르기도 한다. 죽림칠현(竹林七賢) 중 한 사람이다. 【② 권10-390】

왕가(王嘉, ?~기원전 2)

한(漢)나라 때의 문신이다. 전한(前漢) 칠상(七相) 중의 한 사람으로, 애제(哀帝) 때 변사(辯士)인 식부궁(息夫躬)의 계략을 저지하였던 인물이다.

【① 권1-001】

왕덕원(王德元)

남조 제(齊)나라 관료이다. 낭야군(琅琊郡) 임기현(臨沂縣) 출신으로, 진안왕(晉安王) 소자무(蕭子懋)의 우(友) 벼슬을 지냈으며, 진안군 태수와 거기장사(車騎長史)를 역임하였다. 상서령(尚書令)을 지낸 왕안(王安)의 아들이기도 하다. 【③ 권12-475, 권12-500】

왕망(王莽, 기원전 45~23)

전한(前漢) 말기의 정치가로, 신왕조(新王朝)의 건국자이다. 산동(山東) 출신으로, 자(字)는 거군(巨君)이다. 권모술수를 써서 사실상 최초로 선양혁명(禪讓革命)에 의하여 전한(前漢)의 황제권력을 빼앗았다. 불우하게 자랐지만 유학을 배웠고, 어른을 잘 섬겨 왕봉의 인정을 받았다. 기원전 33년 황문랑(黃門郎)이 되고, 기원전 16년에는 봉읍 1천5백호를 영유하는 신야후(新野侯)가 되었다. 기원후 5년에 평제(平帝)를 독살한 뒤 2세의 유영(劉嬰)을 세워, 당시 유행하던 오행참위설(五行讖緯說)을 교묘히 이용하며 인심을 모았다. 스스로 가황제(假皇帝)라 하고, 신하들에게는 섭황제(攝皇帝)라 부르게 하였다. 기원후 8년 유영을 몰아내고 국호를 '신(新)'이라 하여 황제가 됨으로써 선양혁명에 성공했다. 개혁정책을 펼쳤지만 한말(漢末)의 모순과 사회문제를 해결하지 못한 채 모두 실패하였다. 장안(長安)의 미앙궁(未央宮)에서 부하에게 찔려 죽음으로써 건국한 지 15년 만에 멸망하였다. 【① 권4-202】

왕사정(王士禎, 1634~1711)

청나라 시인이다. 산동성 제남부(濟南府) 신성(新城) 출신으로, 자(字)는 이상(貽上), 호는 완정(阮亭) 또는 어양산인(漁洋山人)이다. 시호는 문간(文簡)이고, 본명은 사진(士禛)이다. 이름이 옹정제의 이름과 같아 사정(士正)이라 고쳤는데, 건륭제가 사정(士禎)이라는 이름을 하사하였다. 청나라 시풍을 확립한 대표적인 시인으로, '신운설(神韻說)'을 주창하였다. 시문집에 《대경당집(帶經堂集)》 92권이 있고, 명작을 정선한 《어양산인정화록(漁洋山人精華錄)》 12권이 있으며, 수필에 《지북우담(池北偶談)》 26권과 《거이록(居易錄)》 34권, 《향조필기(香祖筆記)》 12권 등이 있다. 【예언】

왕상서(王尙書) → 왕사정(王士禎)

왕소군(王昭君, 기원전 54~기원전 19)

한 원제(漢元帝)의 비(妃)이다. 이름은 장(嬙)이며, 자(字)는 소군(昭君)인데, 뒤에 명군(明君)으로 고쳤다. 흉노가 거듭 청혼해 오자, 그를 시집보냈다. 그는 실려가는 말 위에서 비파를 뜯어 슬피 노래했고, 고향을 그리워하다가 돌아오지 못하고 흉노의 땅에서 죽었다. 《한서(漢書)》 권94 〈흉노전 하(匈奴傳下)〉에 그 기록이 자세하다. 【① 권2-왕소군, ③ 권14-614】

왕승달(王僧達, 423~458)

남조 송(宋)나라 낭야군(琅琊郡) 임기현(臨沂縣) 출신이다. 시흥왕(始興王) 유준(劉濬)의 후군참군(後軍參軍)을 역임하였고 뒤에 중서령(中書令)이 되었는데, 고도(高闍)의 모반사건과 연루되어 투옥되었다가 사형당하였다. 왕태상(王太常)이라고도 불렸는데, 태상은 종묘(宗廟)의 의식(儀式)을 맡은 관명(官名)이다. 【② 권10-387, 권11-왕승달】

왕융(王戎, 234~305)

낭야군(琅琊郡) 임기현(臨沂縣) 출신으로, 자(字)는 준충(濬沖)이다. 서진(西晉)의 대신으로, 사도(司徒)를 지냈고 안풍후(安豐侯)에 봉해졌다. 죽림칠현(竹林七賢)의 한 사람이다 【③ 권14-639】

왕융(王融, 467~493)

낭야군(琅琊郡) 임기현(臨沂縣) 출신으로, 자(字)는 원장(元長)이며, 왕주부(王主簿)라고도 불린다. 시문(詩文)에 능하였고 중서랑(中書郎) 벼슬을 역임하였다. 남조(南朝)시대 제 무제(齊武帝) 영명(永明, 483~493) 연간에 형성된 일종의 시가 풍격인 영명체(永明體)의 대표작가 중 한 사람으로 심약(沈約), 사조(謝脁) 등과 활동하였다. 무제(武帝)의 아들 경릉왕(竟陵王) 문하에서 활동했던 '경릉팔우(竟陵八友)' 중 한 사람이기도 하다. 【예언, ③ 권12-왕융, 469, 489】

왕자교(王子喬)

춘추전국시대 주 영왕(周靈王)의 태자로, 성은 희(姬)이고 이름은 진(晉)이다. 《태평어람(太平御覽)》에 "직간을 잘한다는 이유로 태자에서 폐위되었다. 생황(笙簧)을 즐겨 불었는데 이수(伊水)와 낙수(洛水) 사이에서 노

닐다가 도사 부구공(浮丘公)을 만나 숭고산(嵩高山)으로 가서 신선이 되었다."라고 하였다.【① 권3-169】

왕적(王籍, ?~547?)

낭야현(琅琊縣) 임기(臨沂) 출신으로, 자(字)는 문해(文海)이다. 양(梁)나라 천감(天監) 중에 상동왕(湘東王)의 자의참군(諮議參軍)을 거쳐 중산대부(中散大夫)를 역임하였다.【③ 권13-왕적】

왕주(王冑, 558~613)

낭야현(琅琊縣) 임기(臨沂) 출신으로, 자(字)는 승기(承基)이다. 진(陳)나라 때 벼슬하여 파양왕(鄱陽王)의 법조참군(法曹參軍)과 태자사인(太子舍人)을 역임하고, 동양왕(東陽王)의 문학(文學)을 역임하였다.【③ 권14-왕주】

왕준(王濬, 206~286)

진(晉)나라의 대장군이다. 홍농군(弘農郡) 호현(湖縣) 출신으로, 자(字)는 사치(士治)이며, 어릴 적 이름은 아동(阿童)이다. 일찍이 익주자사(益州刺史)를 지냈고, 수군(水軍) 양성에 힘쓰다가 용양장군(龍讓將軍)으로 오나라를 침공하여 멸한 뒤 보국대장군(輔國大將軍)으로 책봉되었다.【① 권6-277】

왕중승(王中丞, 452~500)

남조 제(齊)나라의 관료이다. 낭야현(琅琊縣) 임기(臨沂) 출신으로, 이름은 사원(思遠)이며, 어사중승(御史中丞)을 역임하였다.【③ 권12-493】

왕중엄(王仲淹) → 왕통(王通)

왕진안(王晉安) → 왕덕원(王德元)

왕찬(王讚)

서진(西晉) 하남성(河南省) 의양(義陽) 출신으로, 자(字)는 정장(正長)이다. 박학(博學)하고 재능이 뛰어났으며, 관직은 저작랑(著作郞)과 산기시랑(散騎侍郞)을 역임하였다.【② 권7-왕찬】

왕찬(王粲, 177~217)

후한(後漢) 말기 위(魏)나라의 시인이다. 산양군(山陽郡) 고평현(高平縣) 출신으로, 자(字)는 중선(仲宣)이다. 190년 헌제(獻帝)가 동탁(董卓)의 강요에 따라 장안으로 천도했을 때 수행하여 당대 제1의 학자인 채옹(蔡邕)의 인정을 받았다. 얼마 후 동탁이 암살되어 장안이 혼란에 빠지자 형주(荊州)로 몸을 피해 유표(劉表)한테 의지했다. 208년 유표가 죽자, 그의 아들 유종(劉琮)을 설득하여 조조에게 귀순시키고 자신도 승상연(丞相椽)이 되어 관문후(關門侯)의 작위를 받았다. 공간(公幹) 등과 함께 문제(文帝)의 친구로 사랑을 받았으며, 건안칠자(建安七子)의 한 사람이자 대표적 시인이다. 표현력이 풍부하고 유려하면서도 애수에 찬 시를 남겼는데, 〈종군시(從軍詩)〉 5수와 〈칠애시(七哀詩)〉 3수가 유명하다. 【① 권5-231, 권5-247, 권5-249, 권6-왕찬】

왕태상(王太常) → 왕승달(王僧達)

왕통(王通, 584~617)

수(隋)나라의 사상가이자, 교육자이다. 하동군(河東郡) 용문현(龍門縣) 출신으로, 자(字)는 중엄(仲淹)이며, 죽은 뒤에 제자들이 문중자(文中子)로 사시(私諡)를 올렸다. 어려서부터 준민(俊敏)하여 시(詩)·서(書)·예(禮)·역(易)에 통달하였으며 스스로 유자(儒者)임을 자부하고 강학(講學)에 힘을 쏟아 위징(魏徵)과 방현령(房玄齡) 등을 배출하였다. 문제(文帝)에게 〈태평10책(太平十策)〉을 상주하였으나 채택되지 않았고, 양제(煬帝)의 부름을 받고 응하지 않았다. 문집은 《문중자(文中子)》 10책이 있다. 【서문, ① 권6-271】

왕포(王褒, 513?~576)

남북조시대 북주(北周)의 시인이자 서예가이다. 낭야군(琅琊郡) 임기현(臨沂縣) 출신으로, 자(字)는 자연(子淵)이다. 소보(少保)라는 벼슬을 하여 왕소보(王少保)라고도 불렀다. 551년에 강릉(江陵)으로 가서 남평내사(南平內史)를 지내고, 양 원제(梁元帝) 때 시중(侍中)을 거쳐 553년에 상서좌복야(尚書左僕射)를 역임하고, 그 이듬해에 강릉이 함락되자 서위(西魏)로 들어가 거기대장군(車騎大將軍), 의동삼사가 되었으며, 북주의 명제(明帝) 때에는 개부의동삼사(開府儀同三司)를 역임하였다. 문집에 《왕사공집(王司空集)》이 있다. 【③ 권14-왕포, 권14-645】

왕포(王褒, ?~기원전 61)

전한(前漢) 때의 문학가이다. 사천(四川) 출신으로, 자(字)는 자연(子淵)이며, 선제(宣帝) 때 간의대부(諫議大夫)를 지냈다. 사부(辭賦)에 능하여, 작품에 〈통소부(洞簫賦)〉와 〈감천궁송(甘泉宮頌)〉, 〈구회(九懷)〉등 부(賦) 10여 편이 전한다. 명나라 때 《왕간의집(王諫議集)》이 출간되었다. 【③ 권14-617】

왕휘(王徽, 415~453)

남조 송나라의 관리다. 《송서(宋書)》에, "왕휘의 자(字)는 경현(景玄)이며, 낭야(琅邪) 출신으로, 남평왕 삭(南平王鑠)의 우군자의참군(右軍諮議參軍)과 중서시랑(中書侍郎)을 역임하고, 뒤에 상서(尚書) 강담미(江湛微)의 천거로 이부시랑(吏部侍郎)이 되었는데 부임하는 길에 죽었다." 하였다. 왕미(王微)로 표기된 본도 있다. 【② 권11-왕휘】

왕희지(王羲之, 307~365)

동진시대의 서예가로 서성(書聖)으로 칭송된다. 자(字)는 일소(逸少)이다. 우군장군(右軍將軍)을 역임하여 왕우군(王右軍)으로 통칭하기도 한다.

【② 권8-왕희지】

욕수(蓐收)

가을을 맡은 신이다. 하늘에서 인간의 형벌을 맡아 본다고 한다. 《예기(禮記)》 〈월령(月令)〉에, "맹추(孟秋)의 달에 제(帝)는 소호이고 신은 욕수이다.[孟秋之月 其帝少昊 其神蓐收.]"라고 하였다. 【② 권8-322】

용성(容成)

황제(黃帝) 때의 사관(史官)으로, 역법(曆法)을 발명하였다고 한다. 【② 권8-322, ③ 권14-637】

우경(虞卿, ?~?)

동주(東周)시기 유세객(遊說客)으로, 이름은 신(信)이며 경(卿)은 관직이다. 짚신을 신고 자루가 긴 관을 쓴 채 조나라 효성왕(孝成王)을 설득하였으며, 1차 알현으로 황금과 백벽(白璧)을 얻었으며, 2차 알현으로 상경(上卿)에 올랐다. 진 소왕(秦昭王)이 범수(范睢)의 원수를 갚아 주려고 조(趙)나라 위제(魏齊)를 죽이려 하자, 위제가 우경에게 구원을 요청하였는데, 우경이 조나라 정승의 지위도 그만두고서 그와 행동을 함께하며 위(魏)나라 신릉군(信陵君)을 통해 초(楚)나라로 망명하려 하였다. 이때 신릉군이 우경의 사람됨을 묻자, 후영(侯嬴)은 "정승의 인끈도 풀어 버린 채 남의 어려운 사정을 급히 구해 주려고 공자를 찾아온 그런 사람이다.[解相印, 急士之窮而歸公子.]"라고 하였다. 저서로는《우씨춘추(虞氏春秋)》8편이 있다. 【② 권11-452】

우맹(優孟)

춘추시대 초나라 악사(樂師)로, 키가 여덟 자이고 구변이 좋아 언제나 웃으며 이야기하는 가운데 풍자(諷刺)하여 간언(諫言)하였다 한다. 【① 권1-040】

우보(羽父)

우보는 노(魯)나라 대부이다.《좌전(左傳)》노 은공(魯隱公) 11년조에, 등후(滕侯)와 설후(薛侯)가 노나라에 와서 서로 어른이라고 다투자, 은공이 우보를 보내 설후를 설득하였다. 이 때 우보는 '주나라 속담[周諺]'을 사례로 들어 설후를 설득한 내용이 보인다. 【① 권1-077】

우세기(虞世基, ?~616)

회계(會稽) 여요(余姚) 출신으로, 자(字)는 무세(茂世)이다. 진(陳)나라에서는 상서좌승(尙書左丞)을 역임하고, 수(隋)나라에서는 내사사인(內史舍人)을 역임하였으며, 수 양제(隋煬帝) 때 내사시랑(內史侍郞)을 역임하였는데, 양제가 우문화급(宇文化及)에게 시해당하였을 때 그도 화를 입었다. 【③ 권14-우세기】

우시(優施)

우(優)는 배우란 뜻이며, 시(施)는 춘추시대 진(晉)나라 헌공(獻公)을 섬기던 배우이다. 헌공의 애희(愛姬) 여희(驪姬)와 결탁하여 태자 신생(申生)을 죽이고 여희의 아들 해제(奚齊)를 태자로 삼았다. 헌공이 죽은 뒤에 해제가 왕위에 올랐으나 여희와 함께 진나라 대부인 이극(里克)에게 죽임을 당하였다. 【① 권1-034】

우하씨(虞夏氏)

유우씨(有虞氏)인 순(舜)임금과 하후씨(夏后氏)인 우(禹)임금을 말하는데, 신농씨(神農氏)와 우하씨는 왕위를 덕이 있는 사람에게 선양(禪讓)했던 대표적인 인물들이다. 【① 권1-013】

우희(虞羲)

남조 양(梁)나라 회계(會稽) 여요(餘姚) 출신으로, 자(字)는 자양(子陽) 또는 사광(士光)이다. 재명(才名)이 있었다. 【③ 권13-우희】

원안(袁安, ?~92)

후한 초기의 정치가이다. 예주 여남군(汝南郡) 여양현(汝陽縣) 출신으로, 자(字)는 소공(邵公)이다. 큰 눈이 와서 한 길 이상이 쌓였을 때, 낙양령(洛陽令)이 나가서 순찰하다가 원안의 문 앞에 이르렀다. 눈을 치우지 않아 길이 없으므로 죽었는가 하여 눈을 치우고 들어가 보니, 원안이 누워 있었다. "왜 나오지 않는가?" 하고 물으니, "큰 눈에 백성이 모두 배고프니 나를 간섭할 것이 없소."라고 하였다. 이에 낙양령이 그를 어진 사람으로 여겨 조정에 추천하였다. 【② 권9-355】

원장(元長) → 왕융(王融)

원제(元帝, 508~554)

양 무제(梁武帝)의 일곱째 아들로, 이름은 역(繹)이며, 자(字)는 세성(世誠)이다. 상동왕(湘東王)에 봉해지고 형주자사(荊州刺史)를 역임하였다. 【③ 권12-원제】

원찬(袁粲)

남조 송(宋)나라 순제(順帝) 때, 상서령(尙書令)을 역임하였다. 소도성(蕭道成)이 정권을 장악하여 전횡을 일삼자, 대신인 제동(齊東)과 함께 그를 처단할 계획을 세웠으나 저연(褚淵)의 밀고로 사전에 발각되어 소도성의 공격을 받았다. 이때 아들 원최(袁最)에게 "큰 집이 장차 무너지려 하는데 나무 하나로는 지탱하지 못한다.[大廈將顚, 非一木所支也.] 그러나 나는 명예와 절의를 위하여 죽음으로써 지킬 수밖에 없겠다."라고 하였는데, 결국 원찬 부자는 모두 소도성에게 죽임을 당하였다. 【② 권11-462】

원탕(袁湯)

자(字)는 중하(仲河)이고, 시호는 강후(康侯)이며, 원팽(袁彭)의 아우이다. 환제(桓帝) 때 사공이 되어 정책에 참여한 뒤에 안국정후(安國亭侯)에 봉해지고, 식읍 5백 호를 받았다. 【① 권4-207】

원헌(原憲, 기원전 515~?)

노(魯)나라 출신으로, 헌(憲)은 이름이고, 자(字)는 자사(子思)이며, 또는 원사(原思)라고도 하는데, 공자의 제자이다. 수치(羞恥)에 대하여 물으니, 공자는 "나라에 도가 있는데도 하는 일 없이 녹봉이나 축내고, 나라에 도가 없는데도 벼슬자리에 연연하면서 녹봉이나 축내는 것이 수치다."라고 일러 준 바 있고, 공자가 세상을 떠나자 궁벽한 곳으로 가서 숨어 살았다. 위나라의 재상으로 있던 자공(子貢)이 방문했을 때 그는 해진 의관이지만 단정하게 차려입고 그를 맞았다. 자공이 곤궁하게 사는 것을 걱정하자, "도를 배우고도 실천하지 못하는 것을 곤궁하다고 말한다. 나는 가난해도 곤궁하지 않다."라고 대답하였다. 【② 권9-355】

월석(越石) → 유곤(劉琨)

위경유 처 왕씨

이름은 왕옥경(王玉京)이며, 16세에 남편이 죽자 귀를 잘라서 개가하지 않을 것을 맹세한 바 있어 절이(截耳)라는 문자의 주인공으로 알려져 있다. 【③ 권13-위경유 처 왕씨】

위(衛)나라 표혜(彪傒)

위나라 대부다. 《국어(國語)》〈주어 하(周語下)〉에, 주(周)나라 대부 장홍(萇弘) 등이 경왕(敬王)을 위하여 성주(成周)에다 성을 쌓으려 하면서 진(晉)나라의 지지를 얻으려 하자, 표혜(彪傒)가 주나라의 대신인 선 목공(單穆公)에게 주나라의 장래를 기대할 수 없음을 말하면서 "선을 좇는 일은 산을 오르는 것과 같고, 악을 좇는 일은 산이 무너지는 것과 같다.[從善如登, 從惡如崩.]"라는 시를 인용하였다. 【① 권1-079】

위맹(韋孟)

전한(前漢) 때의 경학자로 팽성(彭城) 출신이다. 초(楚)나라 원왕(元王) 및 그 아들과 손자에게 경학(經學)을 가르쳤다. 노시(魯詩)를 깊이 연구하여 후손에게 전수하였는데, 위현(韋賢)에 이르러 노시위씨학(魯詩韋氏學)이 형성되었다. 【① 권2-위맹】

위 무제(魏武帝, 155~220)

삼국시대 위(魏)나라를 세운 장군으로, 성명은 조조(曹操)이고. 자(字)는 맹덕(孟德)이며, 묘호는 태조(太祖)인데, 추존한 시호(諡號)가 무황제(武皇帝)이다. 본성은 하후씨(夏侯氏)이고, 패국(沛國)의 초(譙) 출신이다. 환관의 양자의 아들인데, 황건적 평정에 공을 세우고, 두각을 나타내어 마침내 헌제(獻帝)를 옹립하고 종횡으로 무략(武略)을 펼쳤다. 화북(華北)을 거의 평정하고 나서 남하를 꾀했으나, 208년 손권(孫權)과 유비(劉備)의 연합군과 적벽(赤壁)에서 싸워 대패한 이후로 그 세력이 강남까지는 미치지 못하였다. 정치상의 실권은 잡았지만 자신이 직접 제위에 오르지 않았고, 220년 정월 낙양에서 생을 마쳤다. 문학을 사랑하여 많은 문인들을 불러들였으며, 두 아들 조비(曹丕), 조식(曹植)과 함께 시부(詩賦)의 재능이 뛰어나, 이른바 건안문학(建安文學)의 흥성을 가져오게 하였다. 【① 권5-무제】

위 장자(魏莊子, ?~?)

춘추시대 진(晉)나라의 무장(武將)이자 정치가로, 이름은 강(絳)이며, 시호는 소(昭) 또는 장(莊)이어서 사람들은 위 소자(魏昭子)로도 불렀다. 도공(悼公)과 평공(平公) 시기를 거치면서 융적(戎狄)들을 진나라에 복속시킨 공로가 크다. 【① 권1-031】

위정(韋鼎, 515~593)

섬서성(陝西省) 출신으로, 자(字)는 초성(超盛)이다. 양(梁)나라에서는 중서시랑(中書侍郎)을 역임하고, 진(陳)나라에서는 황문시랑(黃門侍郎)이 되어 주(周)나라에 사신으로 갔다가 돌아와서 태부경(太府卿)이 되었으며, 진나라가 멸망한 뒤에 수(隋)나라에 벼슬하여 광주자사(光州刺史)를 역임하였다. 【③ 권14-위정】

위청(衛靑, ?~기원전 106)

한 무제 때의 장수로, 자(字)는 중경(仲卿)이며, 시호는 열후(烈侯)이다. 하동군(河東郡) 평양현(平陽縣) 출신으로, 흉노를 정벌하는 데 큰 공을 세웠다. 【③ 권14-655】

유견오(庾肩吾, 487~550)

남조시대 양(梁)나라의 문학가이다. 남양(南陽) 신야(新野) 출신으로, 자(字)는 자신(子愼) 또는 신지(愼之)이며, 유신(庾信)의 아버지이다. 진 안왕(晉安王) 소강(蕭綱)의 상시(常侍)가 되어 진(鎭)을 옮길 때마다 수행하였으며, 소강이 제위에 오른 뒤 탁지상서(度支尙書)가 되었다. 이후 여러 관직을 역임하고 무강현후(武康縣侯)에 봉해졌다. 시를 잘 지었고, 시풍이 빼어나게 아름다워 궁체시(宮體詩)의 대표작가 중의 한 사람으로 꼽힌다. 문집에《유탁지집(庾度支集)》이 있다.【③ 권13-유견오】

유곤(劉琨, 271~318)

중산군(中山郡) 위창현(魏昌縣) 출신으로, 자(字)는 월석(越石)이다. 진(晉)나라 회제(懷帝), 민제(愍帝) 때 시중(侍中)·태위(太尉) 등의 벼슬을 역임하였다. 병주자사(幷州刺史)가 되었을 당시에 북방에서 기승을 부리던 이민족들에 대항하여 잃어버린 땅을 되찾기 위하여 노력하였으며, 문학적인 소양이 풍부하여 육기(陸機)·반악(潘岳) 등과 함께 활약하였다.【예언, ② 권8-유곤】

유공(劉龔)

후한(後漢)시대 장안(長安) 출신으로, 자(字)는 맹공(孟公)이다. 의론(議論)에 밝아 마원(馬援)과 반표(班彪) 등에게 인정을 받았으며, 당시의 고사(高士)였던 장중울(張仲蔚)의 사람됨을 알아봤다고 한다.《고사전(高士傳)》〈장중울전(張仲蔚傳)〉에 "늘 빈궁한 생활을 하였는데, 집 주위에는 사람 키를 넘을 정도로 쑥대가 우거졌으며, 문을 닫고 성품 공부만 할 뿐 명예를 탐하지 않았으므로, 당시에 아무도 알아주는 사람이 없었으나, 유공(劉龔)만은 그를 인정하였다."라고 하였다.【② 권9-351, 권9-355】

유공간(劉公幹) → 유정(劉楨)

유광록(劉光祿) → 유유(劉孺)

유령(劉伶, 221~300)

위진시대의 문학가이다. 자(字)는 백륜(伯倫)이고, 진(晉) 패국(沛國) 출신으로, 벼슬은 건위장군(建威將軍)을 지냈고, 죽림칠현(竹林七賢) 중의 한 사람이다. 늘 술을 사랑하여 〈주덕송(酒德頌)〉을 짓고 언제나 하인에게 삽을 메고 따라다니게 했는데, "언제 어느 곳에서 죽을지 모르니 죽은 곳에 묻히기 위함이다."고 하였다. 【② 권10-390】

유시상(劉柴桑) → 유정지(劉程之)

유신(庾信, 513~581)

남북조시대 북주(北周)의 시인이다. 남양군(南陽郡) 신야현(新野縣) 출신으로, 자(字)는 자산(子山)이다. 문재가 있어서 15세 때 소명태자(昭明太子)의 시독(侍讀)이 되었고, 19세 때 서능(徐能)과 황태자(皇太子) 소강(蕭綱)의 문덕성 학사(文德省學士)가 되어 아버지 유견오(庾肩吾)와 서리(徐攡)·서능(徐陵) 부자를 따라 궁중에 출입하였는데 이들의 문체가 수려하고 아름다워 '서유체(徐庾體)'로 일컬었다. 그 뒤 북주에 사신으로 갔다가 북주의 황제가 유신을 특히 좋아하여 돌려보내지 않아서 유신과 왕포(王褒)는 결국 고향으로 돌아오지 못하였다. 양나라에 대한 연모의 정을 잊지 못해 그 비통한 심정을 청신한 형식의 시문으로 표현했다. 문집에 《유자산문집(庾子山文集)》 20권이 전한다. 【예언, ③ 권14-유신】

유왕(劉王)

한나라 당시에 기와를 만들던 장인(匠人)의 이름이라 한다. 【① 권3-164】

유운(柳惲, 465~517)

산서성(山西省) 해현(解縣) 서북지역 출신으로, 자(字)는 문창(文暢)이다. 어려서부터 지조와 덕행이 있었고 배우기를 좋아하여 이름이 났으며, 서간문(書簡文)에 능하였고 시를 잘 지었다. 양(梁)나라 때에 시중(侍中)이 되어 복야(僕射) 심약(沈約)과 함께 시율(詩律)을 정하였다. 일찍이 오흥태수

(吳興太守)를 두 번이나 역임하였다. 【③ 권13-유운, ③ 권13-557】

유유(劉孺, 485~543)

남양(南梁)의 관료이다. 팽성(彭城) 안상리(安上里) 출신으로, 자(字)는 효치(孝稚), 또는 계유(季幼)이며, 제사(祭祀)와 궁전(宮殿)에 관한 일을 관장하는 대부의 관직을 역임하였다. 【③ 권14-595】

유유민(劉遺民) → 유정지(劉程之)

유유자 영(劉孺子嬰, 5~25)

한 선제(漢宣帝)의 현손(玄孫)으로 전한(前漢)의 마지막 황태자이다. 황제로 즉위한 적은 없지만, 왕망(王莽)이 찬위(篡位)하였기 때문에 일반적으로 전한(前漢)의 마지막 황제로 인식된다. 【③ 권14-643】

유자산(庾子山) → 유신(庾信)

유장(劉章, 기원전 200~기원전 176)

한 고조(漢高祖)의 서출(庶出) 장자(長子)인 도혜왕(悼惠王) 유비(劉肥)의 아들이다. 여태후로부터 주허후(朱虛侯)라는 봉작(封爵)을 받았다. 여태후가 죽은 뒤에 주발(周勃)·진평(陳平) 등과 함께 여씨(呂氏)의 난을 평정하였고, 문제(文帝) 때에 한양왕(漢陽王)에 봉해졌다. 【① 권2-108】

유정(劉楨, 186~217)

후한 말기의 문학가이다. 동평(東平) 출신으로, 자(字)는 공간(公幹)이다. 건안칠자(建安七子)의 한 사람으로, 조조(曹操)의 막하에 들어갔으나 강직한 성격 탓으로 불경죄에 걸려 폄적(貶謫)되었다. 오언시(五言詩)에 능하였고, 명나라 때 그의 문집 《유공간집(劉公幹集)》이 발간되었다. 【① 권5-231, 권6-유정, ② 권11-444】

유정지(劉程之, 352~410)

진(晉)나라 때 저명한 불교(佛教) 관련 거사(居士)로, 강소성(江蘇省) 동산현(銅山縣) 출신이다. 정지(程之)는 그의 이름이고, 자(字)는 중사(仲思)이며 동림십팔고현(東林十八高賢) 중의 한 사람으로, 시상현령(柴桑縣令)을 지냈으며 뒤에 여산(廬山)에 은거하며 이름을 유민(遺民)으로 바꾸었다. 【② 권8-335】

유준(劉峻, 458~521)

평원(平原) 출신으로, 자(字)는 효표(孝標)이다. 처음에 위(魏)나라에서 떠돌이 생활을 하다가 영명(永明) 연간에 강남(江南)으로 가서 소요흔(蕭遙欣)의 형옥관(刑獄官)이 되었다. 《산서지(山棲志)》를 저술하였으며, 《세설신어(世說新語)》의 주석을 달았다. 【③ 권13-유준】

유중랑(庾中郎)

중랑(中郎) 벼슬을 한 유(庾)아무개를 지칭하는 말로, 동진(東晉)과 남북조(南北朝)시기에 여러 공부(公府) 및 장군(將軍) 밑에는 주로 종사중랑(從事中郎)을 두었다. 【② 권11-436】

유참군(劉參軍) → 유령(劉伶)

유창(劉昶, 436~497)

송(宋)나라 문제(文帝)의 제9자이다. 자(字)는 휴도(休道)이다. 폐제(廢帝) 때에 서주자사(徐州刺史)를 역임하였다. 【③ 권14-유창】

유포(庾抱, ?~?)

윤주(潤州) 강녕(江寧) 출신으로, 수(隋)나라 개황(開皇) 중에 연주참군(延州參軍)이 되었다가 이부(吏部)에 채용되었고, 원덕태자(元德太子)의 학사(學士)를 지냈다. 뒤에 당(唐)나라 고조(高祖)의 기실(記室)이 되었다가 중서사인(中書舍人)으로 옮겨졌고, 태자사인(太子舍人)을 역임하였다. 【③ 권14-628】

유하혜(柳下惠, 기원전 720~기원전 621)

춘추시대 노(魯)나라의 대부이다. 본명은 전금(展禽)이고, 자(字)는 계(季)이다. 유하(柳下)는 식읍(食邑)의 이름이고, 혜(惠)는 시호이다. 어질고 덕이 있어서 공자(孔子)로부터 칭송을 받았다. 제(齊)나라가 침공해 오자,

노 희공(魯僖公)이 그를 보내서 제 효공(齊孝公)을 설복시키고 군대를 물러 가게 하였다. 【① 권2-117, 권6-275, ② 권7-307, 권10-393, ③ 권14-646】

유헌(劉瓛, ?~?)

남제(南齊)의 상인(相人)으로 자(字)는 자규(子珪)이고, 시(諡)는 정간선생(貞簡先生)이다. 지극한 효도로 팽성군 승(彭城郡丞)에 제수되었으며, 오경(五經)에 박통(博通)하고 학도를 모아 교수하여 일세(一世)의 대유(大儒)로 칭송받았다. 【③ 권12-530】

유회(劉繪)

팽성(彭城) 출신으로, 자(字)는 사장(士章)이다. 처음에 제(齊)나라 고제(高帝)의 행군참군(行軍參軍)이 되었다가 중서랑(中書郎)을 역임하였으며, 양무제(梁武帝)가 군대를 일으키자, 조정에서 그에게 사주(四州)의 군사(軍事)를 감독하게 하였다. 【③ 권12-유회】

유효작(劉孝綽, 481~539)

남조 양(梁)나라 팽성(彭城) 출신으로, 본명은 염(冉)이며 효작은 자(字)이고, 소자(小字)는 아사(阿士)이다. 어려서부터 총민하여 일곱 살 때 글을 지을 줄 알았다. 외숙인 중서랑(中書郎) 왕융(王融)이 그를 신동으로 지목하였으며 천감(天監) 초기에 저작좌랑(著作佐郎)이 되고 뒤에 상서이부랑(尙書吏部郎)이 되었다. 무제(武帝)의 인정을 받아 비서승(秘書丞)이 되었으며 소명태자(昭明太子)에게도 인정을 받았다. 명인(明人)이 집본(輯本)한 《유비서집(劉秘書集)》이 있다. 【③ 권13-유효작】

유후(留侯) → 장량(張良)

육개(陸凱, ?~504?)

남조 북위(北魏) 대현(代縣) 출신으로, 선비족(鮮卑族)이고, 자(字)는 지군(智君)이며 육수(陸秀)의 아우이다. 15세에 중서학생(中書學生)을 시작으로 요직을 두루 거치는 10년 동안 충후(忠厚)하다는 평을 들었으며, 효문제(孝

文帝) 때 정평태수(正平太守)에 임명되어 재직하는 7년 동안 양리(良吏)로 평가받았다. 범엽(范曄)과 교유하였으며, 그가 강남에서 장안에 있는 범엽에게 지어 보낸 매화시(梅花詩)는 '일지춘(一枝春)'의 고사를 남겼다.
【② 권11-육개】

육궐(陸厥, 472~499)

오군(吳郡) 출신으로, 자(字)는 한경(韓卿)이다. 제 무제(齊武帝) 때 수재(秀才)로 천거되어 후군행참군(後軍行參軍)을 역임하였다. 제나라 동혼후(東昏侯) 때 부친 육한(陸閑)이 시안왕(始安王) 소요광(蕭遙光)의 반란에 연루되어 처형당하고서 사면을 받지 못하자, 이를 슬퍼하다가 28세 나이로 세상을 떠났다. 【③ 권12-육궐】

육기(陸機, 260~303)

서진(西晉)의 문인이다. 오군(吳郡) 화정(華亭) 출신으로, 자(字)는 사형(士衡)이다. 명문 출신으로 조부 손(遜)은 삼국시대 오(吳)나라의 재상이었고, 아버지 항(抗)은 군사령관이었으며, 동생 운(雲)도 문재(文才)가 있어 그와 함께 이륙(二陸)이라 불렸다. 20세 때 오나라가 멸망했기 때문에 고향에 퇴거하여 10년간 학문에만 전념하였다. 그 후 동생과 함께 낙양으로 나가 장화(張華)의 인정을 받았고, 가밀(賈謐)과 함께 문인과 교유했다. 혜제(惠帝) 때 정국이 혼란하여 팔왕(八王)의 난이 일어나자 이에 휘말려 동생과 함께 죽임을 당했다. 〈문부(文賦)〉는 그의 문학비평의 방법을 논한 내용으로 유명하고, 저서에 《육사형집(陸士衡集)》 10권이 전한다. 【② 권7-육기, 권10-사영운】

육운(陸雲, 262~303)

서진(西晉)의 문학가이다. 자(字)는 사룡(士龍)이고, 육기(陸機)의 동생이다. 관직을 지내다가 8왕의 난 때 성도왕(成都王) 사마영(司馬穎)에게 피살되었다. 시문으로 형과 어깨를 겨루어 이륙(二陸) 또는 기운(機雲)으로 불

리었다. 대표작은 〈곡풍(谷風)〉이고, 저서에 《육사룡집(陸士龍集)》이 있다. 【② 권7-육운】

윤식(尹式, ?~604)

하간(河間) 출신으로, 어려서부터 영특하다는 명성이 있었다. 인수(仁壽) 연간에 한왕(漢王)의 기실참군(記室參軍)에 이르렀으나, 한왕이 패망하자 자살하였다. 【③ 권14-윤식】

은후(隱侯) → 심약(沈約)

음갱(陰鏗, 511~563)

남북조시대 양(梁)·진(陳)에서 주로 활동하였던 시인이자 문학가이다. 감숙성(甘肅省) 출신으로, 자(字)는 자견(子堅)이다. 오언시(五言詩)에 능하여 당시에 인정을 받았으며 진릉태수(晉陵太守)와 원외산기상시(員外散騎常侍)를 역임하였다. 【예언, ③ 권14-음갱】

응거(應璩, 192~252)

위(魏)나라의 시인으로, 자(字)는 휴련(休璉)이다. 건안칠자(建安七子)의 한 사람인 응창(應瑒)의 동생이며, 진(晉)나라 응정(應貞)의 아버지이다. 위나라 문제(文帝)와 명제(明帝) 때에는 산기상시(散騎常侍)를 역임하고 제왕(齊王) 방(芳)이 즉위한 뒤에는 시중(侍中)이 되었다. 〈백일시(百一詩)〉 또는 〈신시(新詩)〉라는 연작시를 지어 당시 사회를 풍자하였다. 《문선(文選)》에 1수가 실려 있고, 32수의 단편(短篇)이 전한다. 【① 권6-응거】

응씨(應氏)

응창(應瑒)과 응거(應璩) 형제를 지칭하는 말로, 후한 말기의 문학가이다. 【① 권5-250】

응창(應瑒, ?~217)

후한(後漢) 말기의 문학가이자, 건안칠자(建安七子)의 한 사람이다. 남돈(南頓) 출신으로, 자(字)는 덕련(德璉)이다. 조조(曹操)의 막하에서 일했고,

오언시(五言詩)에 능하였다. 명나라 때 그의 문집 《응덕련집(應德璉集)》이 발간되었다. 【① 권6-응창】

의산(義山) → 이상은(李商隱)

이고(李固)

후한 남정(南鄭) 출신으로, 자(字)는 자견(子堅)이다. 태위(太尉)를 역임하였고, 충제(沖帝)가 시해된 뒤에 청하왕(淸河王) 유경(劉慶)을 옹립하려다가 양기(梁冀)의 모함으로 옥사하였다. 【① 권4-207】

이극(里克, ?~기원전 650)

춘추시대 진(晉)나라 대부이다. 성(姓)은 영(嬴)이고, 씨는 이(里)이며, 극(克)은 이름이다. 진 헌공의 고굉지신(股肱之臣)으로, 태자 신생(申生)을 적극 옹호하였던 인물이다. 【① 권1-034】

이능(李陵, ?~기원전 74)

한(漢)나라 장군(將軍)이다. 농서(隴西) 성기(成紀) 출신으로, 자(字)는 소경(少卿)이다. 한나라 때의 명장 이광(李廣)의 손자이다. 어려서부터 말타기와 활쏘기를 잘했으며, 무제(武帝) 때 기도위(騎都尉)가 되었다. 기원전 99년(天漢 2) 직접 부하 5,000명을 거느리고 흉노(匈奴)와 싸웠다. 그는 적은 수의 병사로 흉노를 무찌르고 돌아오는 길에 흉노의 8만 기병(騎兵)에게 포위되어 8일 동안이나 밤낮으로 계속 싸워 승리했으나 고립무원(孤立無援)의 상태에서 화살과 식량이 다하게 되자, 남은 병사들의 목숨을 살리기 위해 결국 항복하고 말았다. 흉노 왕은 투항한 이능을 사위로 삼고 우교왕(右校王)으로 봉했다. 이능은 그 후 돌아오지 못하고 20여 년 뒤 병으로 죽었다. 소무와 절친한 친구였다. 【예언, ① 권2-이능, 권4-185, ② 권8-317, ③ 권14-643】

이몽양(李夢陽, 1475~1529)

자(字)는 헌길(獻吉)이고, 호는 공동자(空同子)이다. 효종(孝宗)과 무종(武宗)

을 섬겨 강직한 신하로 평가받았다. 7재자(七才子)의 한 사람으로 시문의 복고(復古)를 주창하여 '문필진한(文必秦漢), 시필성당(詩必盛唐)'을 주장, 진한(秦漢)의 고문과 이두(李杜: 이백·두보)의 시를 이상으로 하고 시의 격조를 중시하였기 때문에, '격조설(格調說)'이라고 하여 문단을 주도하기도 하였다. 저서에는 《이공동전집(李空同全集)》 66권과 부록 2권이 있다.
【해제, 서문】

이상은[李商隱, 812~858]

당나라의 관료이자 시인이다. 하남성(河南省) 심양(沁陽) 출신으로, 자(字)는 의산(義山), 호는 옥계생(玉谿生)이다. 두목(杜牧)과 함께 만당(晚唐)을 대표하는 시인이다.【② 권10-385】

이연년(李延年, ?~기원전 87)

전한의 음악가로, 중산(中山) 출신이다. 일찍이 죄를 지어 궁형(宮刑)을 당하였다. 악곡 창작과 가무에 능해, 〈한교사가(漢郊祀歌)〉 19장을 지어 악부(樂府) 가곡 발전에 기여하였다.【① 권2-이연년】

이우(李尤)

후한(後漢)시대 광한(廣漢) 낙(雒) 땅 출신으로, 자(字)는 백인(伯仁)이다. 문장이 특출하여 화제(和帝) 때에 시중(侍中) 가규(賈逵)가 그를 사마상여(司馬相如)와 양웅(揚雄)의 기풍이 있다고 천거하여 난대영사(蘭臺令史)를 제수하였고, 안제(安帝) 때에는 간의대부(諫議大夫)를 제수하였는데, 그가 조칙(詔勅)을 받아 유진(劉珍) 등과 함께 《한기(漢記)》를 찬술한 바 있다.【① 권2-이우】

이채(李蔡, ?~기원전 118)

전한의 관료이다. 이광(李廣)의 종제(從弟)로, 무제(武帝) 때에 경거장군(輕車將軍)이 되어 흉노(匈奴) 우현왕(右賢王)을 쳐서 공을 세웠으며, 사후에 낙안후(樂安侯)로 봉해졌다.【② 권11-426】

이헌길(李獻吉) → 이몽양(李夢陽)

인상여(藺相如)

　전국시대 조(趙)나라 명신(名臣)이다. 염파(廉頗)와의 교유(交遊)관계에서
그 유명한 '문경지교(刎頸之交)'라는 고사를 탄생시켰다. 【② 권7-312】

임공자(任公子)

　전설상에 고기를 잘 잡았던 사람으로 알려져 있으며, 《장자(莊子)》〈외
물(外物)〉에는 "그가 고기를 잡을 때 불알을 깐 소 50마리를 미끼로 하여
회계(會稽) 땅에 걸터앉아 동해 바닷가로 낚시를 드리웠다."고 전한다.
속세를 초탈한 사람을 뜻하는 말로도 쓰인다. 【② 권10-397】

임방(任昉, 460~508)

　낙안(樂安) 박창(博昌) 출신으로, 자(字)는 언승(彦昇)이다. 처음에는 제(齊)
나라에서 벼슬하여 태학박사(太學博士)를 역임하고, 뒤에는 양 무제(梁武
帝) 때 의흥(義興), 신안(新安)에서 태수(太守)를 역임하였다. 【③ 권13-임방】

임성왕(任城王, 189~223)

　위나라 왕 조조의 아들 조창(曹彰)으로, 자(字)는 자문(子文)이다. 패국 초
현 출신이며 조조와 황후 변씨(卞氏) 사이의 2남이다. 무예가 뛰어났고
전장에서 큰 공적을 세워 조조의 신임을 받았다. 조조가 사망하고 형인
조비(曹丕)가 왕위를 계승하자 심한 견제를 받았다. 223년에 병사하였
다. 【① 권5-248】

ㅈ

자건(子建) → 조식(曹植)

자견(子堅) → 음갱(陰鏗)

자공(子貢, 기원전 520~기원전 456?)

춘추시대 위(衛)나라 유학자로, 성은 단목(端木)이고, 이름은 사(賜)이다. 공문십철(孔門十哲)의 한 사람으로 재아(宰我)와 더불어 언어에 뛰어났다고 한다.【② 권9-355】

자야(子野)

춘추시대 진(晉)나라의 음악가로, 이름은 사광(師曠)이다. 귀가 매우 예민하여 소리를 들으면 잘 분별하여 길흉을 점칠 수 있었던 사람으로, 노나라에서 음악을 관장하는 벼슬을 맡기도 하였다.【① 권6-273】

자옥(子玉)

춘추시대 초나라 장수이다. 영윤자문(令尹子文)이 그를 천거하여 진나라 성복(城濮)을 공격하게 하였는데, 결과적으로 패배하였다. 그리하여 사람의 능력을 제대로 알지 못하고 추천하였다가 낭패를 당하는 것을 일컫는 말로 쓰인다.【① 권6-275】

자한(子罕, ?~?)

춘추시대 송(宋)나라의 어진 신하로, 자성(子姓)에 악씨(樂氏)이며 이름은 희(喜)이고, 자한(子罕)은 그의 자(字)이다. 평공(平公) 시기에 활약하여 일찍이 사성(司城)을 지냈기 때문에 사성자한(司城子罕)으로 일컫기도 한다.【① 권1-039】

자환(子桓) → 조비(曹丕)

장건(張騫, 기원전 164~기원전 114)

전한시대 성고(成固) 출신으로, 자(字)는 자문(子文)이다. 한 무제(漢武帝)의 명을 받아 뗏목을 타고 가서 황하(黃河)의 근원을 탐사한 일이 있고, 대월지국(大月氏國)에 파견되어 실크로드를 열었으며, 흉노 등 이민족을 공격하여 중앙아시아와의 교통로를 확보하였다.【② 권11-426】

장량(張良, ?~기원전 186)

자(字)는 자방(子房)이다. 항우(項羽)가 홍문(鴻門)에서 연회를 열고 유방(劉邦)을 살해하려 할 때에 장량이 번쾌(樊噲)를 불러들여 위기를 모면하고 무사히 되돌아오게 하였다. 유방의 책사로 뒷날 유후(留候)에 봉해졌다.
【② 권8-316, 권11-456, ③ 권13-535, 권14-655】

장무(壯武) → 사마염(司馬炎)

장생(蔣生)

한(漢)나라 때 두릉(杜陵) 출신인 장후(蔣詡)를 이른다. 자(字)는 원경(元卿)이다. 애제(哀帝) 때 연주자사(兗州刺使)를 역임하였고, 염직(廉職)으로 세상에 널리 알려졌다. 왕망(王莽)이 부르자, 병을 핑계하고 고향으로 돌아가 뜰에 세 갈래 좁은 길을 내고 구중(求中)과 양중(羊中) 두 벗과 은거 생활을 하였다. 그리하여 '장후삼경(蔣詡三逕)'이란 성어(成語)를 탄생시켰다. 【② 권10-404】

장신(莊辛)

전국시기 초(楚)나라의 대부다. 양왕(襄王)의 실정(失政)에 대하여 간언했으나 듣지 않자, 국외로 떠나 있다가 다시 돌아온 바 있다. 【① 권6-271】

장융(張融, 444~497)

남제(南齊)의 오군(吳郡) 오현(吳縣) 출신으로, 자(字)는 사광(思光)이다. 송(宋)나라에서 벼슬하여 의조랑(儀曹郎)이 되고, 제(齊)나라 고제(高帝) 때에는 사도(司徒) 겸 우장사(兼右長史)를 역임하였다. 【③ 권12-장융】

장자(莊子, 기원전 369?~기원전 289?)

고대의 사상가이며 제자백가(諸子百家) 중 도가(道家)의 대표자이다. 성은 장(莊)이고, 이름은 주(周)이며, 송(宋)의 몽읍(蒙邑) 출신이다. 맹자(孟子)와 거의 비슷한 시기에 활약한 것으로 전하며, 관영(官營)인 칠원(漆園)에서 잠시 일한 적이 있을 뿐, 초 위왕(楚威王)이 그를 재상으로 삼으려고까지 했으나 사양하고, 평생 벼슬길에 나가지 않은 채 10만여 글자에 이르는 저술을 완성하였다. 그의 저서인 《장자(莊子)》는 원래 52편이었으나, 진(晉)나라 곽상(郭象)이 현존하는 33편으로 정리하여, 내편(內篇)이 7, 외편(外篇)이 15, 잡편(雜篇)이 11로 되어 있다. 그중에 내편이 원형에 가장 가깝다고 한다. 【① 권6-275, ② 권8-315, 권9-353】

장자방(張子房) → 장량(張良)

장재(張載)

서진(西晉)의 문학가이다. 박릉군(博陵郡) 안평현(安平縣) 출신으로, 자(字)는 맹양(孟陽)이다. 무제(武帝)의 부름을 받고 나가 저작랑(著作郞)을 역임하고 이어서 중서시랑(中書侍郞)이 되었다. 그 뒤 세상이 혼란해지자 관직생활을 단념하고 고향으로 돌아가 여생을 마쳤다. 아우인 장협(張協)·장항(張亢)도 모두 문학으로 명성이 있어서 세상에서 이들 삼형제를 삼장(三張)으로 일컫는다. 【② 권7-장재】

장저(長沮)**와 걸닉**(桀溺)

춘추시대 후기의 은사(隱士)들이다. 기원전 490년 경에 공자가 초(楚)나라 섭(葉) 땅을 떠나 채(蔡)나라로 돌아가는 도중에 이들을 만나 길을 물었다. 《논어집주(論語集註)》〈미자(微子)〉에, "장저와 걸닉이 나란히 밭을 가는데 공자가 이곳을 지나가다가 제자인 자로(子路)를 시켜 이들에게 나루를 물었다.[長沮桀溺, 耦而耕, 孔子過之, 使子路問津焉.]"라고 하였다. 【② 권8-327, 권9-348, 권9-3498, 권10-403】

장정견(張正見, 527?~575?)

양말진초(梁末陳初)에 활동했던 청하(淸河) 동무성(東武城) 출신으로, 자(字)는 현이(見頤)이다. 간문제(簡文帝)가 동궁(東宮) 시절에 그의 나이가 13세였는데 송문(頌文)을 지어 올리자 간문제가 매우 칭찬하며 감상하였다고 한다. 【③ 권14-장정견】

장주(莊周) → 장자(莊子)

장중울(張仲蔚)

황보밀(皇甫謐)의 《고사전(高士傳)》에, "그는 후한 평릉(平陵) 출신으로, 벼슬하지 않고 위경경(魏景卿)과 함께 은거생활하며 시(詩)와 부(賦)를 좋아하였다."라고 하였다.【② 권9-355】

장한(張翰, ?~359?)

진(晉)나라 오군(吳郡) 출신으로, 자(字)는 계응(季鷹)이다. 문장에 매우 뛰어났다.【② 권7-장한】

장항(張亢, ?~?)

진(晉)나라 관리로, 안평(安平) 관진(觀津) 출신이며, 자(字)는 계양(季陽)이다. 장수(張收)의 아들이며, 장재(張載), 장협(張協)의 아우로, 세칭 삼장(三張)으로 부른다. 그는 일찍이 오정현령(烏程縣令)을 지냈는데, 재주는 형들에 미치지 못해도 음악에 대하여 특이한 견해를 가지고 있어서 산기시랑(散騎侍郎)에 제수되고 순숭(荀崧)의 추천으로 좌저작랑(佐著作郎)이 되었으며, 뒤에 산기상시(散騎常侍)로 승진하였다.

장협(張協, 255?~310?)

서진(西晉)의 문인으로, 장재(張載)·장항(張亢)과 함께 이들 삼형제를 삼장(三張)으로 부른다.【② 권7-장협】

장형(張衡, 78~139)

후한(後漢) 때의 학자이다. 하남성(河南省) 남양(南陽) 출신으로, 자(字)는 평자(平子)이다. 영원(永元) 연간에 효렴(孝廉)으로 천거되어 하간상(河間相), 상서(尙書)를 역임하였다. 태학(太學)에 들어가 오경과 육예(六藝)를 배웠으며, 천문(天文)과 음양(陰陽), 역산(曆算)을 정밀하게 연구하여 수력으로 움직이는 혼천의(渾天儀)와 지진을 측정하는 후풍지동의(候風地動儀)를 최초로 발명했다. 만년에는 하간왕(河間王)의 재상으로 호족들의 발호를 견제하는 데 공을 세웠다. 그는 대표작인 〈귀전부(歸田賦)〉에서 권력을 휘두르는 환관들로 인해 부패한 현실을 비판하고 은거에 대한 의지를 표출하였다. 장형은 관리로 생을 마쳤기 때문에 실제로 귀전의 뜻을 펴지는 못하였으나, 그의 작품에는 현실에 대한 불만과 이상에 대한 추구가 표현되어 있다. 경학과 관련한 저술로 《주관훈고(周官訓詁)》가 있었다고 하나 전하지 않는다. 천문에 관한 저술로는 《영헌(靈憲)》, 《산망론(算罔論)》, 《혼천의(渾天儀)》 등이 있다. 【① 권2-장형, ② 권10-400】

장화(張華, 232~300)

서진(西晉)의 문학가이자 정치가이다. 북경 부근 범양(范陽) 방성(方城) 출신으로, 자(字)는 무선(茂先)이다. 완적(阮籍)에게 재능을 인정받아 위(魏)나라 때 중서랑(中書郞)에 올랐고, 진 무제(晉武帝) 때 오(吳)나라 토벌에 공을 세워 무후(武侯)에 봉해졌다. 시문이 화려하다는 평을 받았으며 백과사전인 《박물지(博物志)》와 시문집 《장사공집(張司空集)》이 있다. 【예언, ② 권7-장화】

저거목건(沮渠牧犍, ?~447)

일명 저거무건(沮渠茂虔)이라고도 한다. 흉노(匈奴) 노수호(盧水胡) 출신으로, 16국시대 북량(北涼)의 군주이다. 재위 당시에 북위(北魏)가 화북지역을 통일하여 세력을 당할 수가 없었으므로 영화(永和) 7년(439)에 북위에게 항복하였다. 북위 태무제(太武帝) 태평진군(太平眞君) 8년(447)에 저거목건이 반란을 모의했다는 밀고에 의해 사사되었다. 시호는 애왕(哀王)이다. 【③ 권14-622】

저연(褚淵, 435~482)

남조 제(齊)나라 출신으로, 송나라 명제(明帝)의 두터운 신임을 받았다. 명제가 임종할 때, 그를 중서령(中書令)과 호군장군(護軍將軍)으로 삼고, 상서령 원찬(袁粲)과 고명(顧命)을 받들어 어린 임금을 보좌하도록 유조(遺

詔)를 내렸다. 뒤에 소도성이 송나라를 멸망시키고 제나라를 세우려 하자, 원찬과 유병(劉秉) 등을 등지고 소도성을 적극적으로 도왔다. 그로 인하여 제나라에서 영화를 누렸던 인물이다. 【② 권11-462】

적송자(赤松子)

① 신선의 이름으로 적송자(赤誦子)라고도 부른다. 《열선전(列仙傳)》에 "적송자(子)는 신농씨(神農氏) 시대의 우사(雨師)였으며, 수정(水晶)을 복용하는 법에 대하여 신농씨에게 가르쳐 주었고, 불속에 들어가서 스스로를 태울 수도 있었다고 한다. 때로 곤륜산 위에 내려와 서왕모(西王母)의 석실 안에 머물렀는데, 바람과 비를 따라 오르내릴 수도 있으며, 염제(炎帝)의 어린 딸이 그것을 보고 그를 따라 신선이 되어 갔다."고 하였고, 한영(韓嬰)이 지은 《한시외전(韓詩外傳)》에는 오제(五帝) 중 하나인 제곡(帝嚳)의 스승이었다고도 했다. ② 진(晉)나라의 도사다. 일명 황대선(黃大仙)이라 하고, 본명은 황초평(黃初平)이다. 출신이 빈한하여 8살 때 가축을 치는 일을 했다. 15살 때 적송산에 들어가 도를 닦아 적송자란 이름이 붙었다. 도술이 신통해서 백성들을 재난에서 많이 구해 주었다고 한다. 【① 권5-248, 권6-271, ② 권8-322】

전계(展季) → 유하혜(柳下惠)

전분(田蚡, ?~기원전 131)

서한(西漢)시대의 외척 신분으로, 무제(武帝)의 총애를 받아 태위(太尉)를 지냈으며, 무안후(武安侯)에 봉해졌다. 【② 권7-312】

전자방(田子方)

전국시대 위(魏)나라의 현인(賢人)으로, 전(田)은 성이고, 자방(子方)은 자(字)이며, 이름은 무택(無擇)인데, 위 문후(魏文侯)의 스승이다. 【② 권11-426】

전자태(田子泰, 169~214)

후한 말기의 은사(隱士)이다. 우북평군(右北平郡) 무종현(無終縣) 출신으로,

이름은 주(疇)이고 자태(子泰)는 자(字)이다. 유우(劉虞)의 신하가 되었다가 공손찬(公孫瓚)이 유우를 죽이자, 절의를 지켜 서무산(徐无山)에 은거하였는데 백성들이 따라와 함께하였다. 《삼국지(三國志)》 〈위지(魏志) 전주전(田疇傳)〉이 있다. 【②권9-353】

전하(殿下)

양(梁)의 영풍부(永豊府) 소규(蕭撝)를 이른다. 자(字)는 지하(知遐)이며 성안왕(成安王) 소계(蕭季)의 아들이다. 양나라 때 영풍후 무릉왕(武陵王)에 봉해지고 뒤에 후주(後周)에서 소보소박(少保少傅)을 역임하고 채양군공(蔡陽郡公)에 봉해졌다. 【③ 권14-646】

정공초(鄭公超)

대략 588년을 전후하여 생존했던 인물로, 자(字)는 리(裏)이며, 진 후주(陳後主) 때 대조문림관(待詔文林館)을 역임하고, 봉조청(奉朝請)이 되었다.

【③ 권14-정공초】

정교보(鄭交甫)

그의 생애와 이력은 명확하지 않다. 주(周)나라 때 인물로 전하고 있으며, 서한(西漢) 때 유향(劉向)이 쓴 《열녀전(列女傳)》에 "한고(漢皐)에 이르러 강비(江妃)의 두 딸이 패주(佩珠)를 청하자, 차고 있던 패주를 풀어 주었는데, 받아서 가슴에 품고 수십 보를 가더니, 두 여인이 보이지 않고 구슬 역시 사라졌다."라는 기록이 보인다. 【① 권6-271】

정균(鄭均, ?~?)

후한시기 동평국(東平國) 임성현(任城縣) 출신으로, 자(字)는 중우(仲虞)이다. 일찍이 상서(尙書) 벼슬을 사직하고 고향으로 돌아갔는데, 한 장제(漢章帝)가 동평 지방을 순행하다가 그의 집에 들러 그가 죽을 때까지 상서(尙書)의 봉록을 받게 해 주었다. 그리하여 사람들은 그를 '백의상서(白衣尙書)'라고 불렀다. 백의(白衣)는 평범한 사람이 입는 옷으로 관직이 없

는 사람을 말하는데, 그가 관직이 없는 채로 상서의 녹봉을 받은 것을 지적한 말이다. 【② 권11-420】

정(鄭)나라 공자(公子) 가(家)

춘추시기 공자귀생(公子歸生)으로 자를 자가(子家)라 하였다. 《좌전(左傳)》 노 문공(魯文公) 17년조에, 정(鄭)나라 목공(穆公)이 초(楚)나라 눈치를 보느라 진(晉)나라 영공(靈公)이 주최하는 모임에 참석하지 않자, 영공이 이를 빌미 삼아 정나라를 공격하려 하였다. 이에 자가(子家)가 이를 해명하기 위하여 진나라의 대신인 조순(趙盾)에게 보낸 편지에서 "머리도 두렵고 꼬리도 두려우면, 남아 있는 그 몸통은 얼마나 될까[畏首畏尾, 身其餘 幾.]"라는 말을 인용하였다. 【① 권1-077】

정령위(丁令威)

도교(道敎)에서 숭봉하는 고대 선인(仙人)으로, 서한(西漢)시기 요양(遼陽) 학야(鶴野)에 살았다는 전설상의 인물이다. 고향을 떠나 영허산(靈墟山)에 들어가서 선도(仙道)를 배워 학이 되어 천년 만에 돌아왔다고 한다. 【① 권4-213】

정시상(丁柴桑)

도연명의 고향인 시상(柴桑)의 현령 유정지(劉程之)의 후임으로 온 정(丁) 아무개 현령인데, 그의 생애와 이력은 자세하지 않다. 【② 권8-329】

정의(丁儀, ?~220)

삼국시대 위(魏)나라의 문신이다. 패군(沛郡) 출신으로, 자(字)는 정례(正體)이다. 용모가 추하고 한 눈이 멀었으나 민첩하고 글에 능하였다. 조식(曹植)과 사이좋게 지냈으므로 조조(曹操)의 물음에 조식을 좋게 말한 때문에 조비(曹丕)에게 밉게 보여 조비가 즉위하자 처형당하였다. 【① 권5-246】

정자진(鄭子眞)

자진은 한(漢)나라 때 은사(隱士)인 정박(鄭樸)의 자(字)이며, 엄군평(嚴君平)

과 같은 시대에 살았던 인물이다. 《한서(漢書)》〈왕공양공포전(王貢兩龔鮑傳)〉에 "성제(成帝) 때 대장군 왕봉(王鳳)이 예를 갖추어 초빙하였으나, 이에 응하지 않고 곡구산(谷口山) 아래에서 농사짓고 살다가 생을 마쳤다. 자호를 곡구자진(谷口子眞)이라 하였다."라고 하였다. 【① 권6-275】

제갈량(諸葛亮, 181~234)

삼국시대 촉나라의 명재상이자 전략가이다. 낭야군(琅邪郡) 양도현(陽都縣) 출신으로, 자(字)는 공명(孔明)이고 시호는 무후(武侯)이다. 세력이 가장 약했던 유비(劉備)를 도와 위나라, 오나라와 더불어 천하를 삼등분했지만, 결국은 통일의 뜻을 이루지 못하고 오장원(五丈原) 전투에서 죽었다. 남양의 초당에 은거하여 살면서 때를 기다렸고, 유비가 세 번이나 자기를 찾아와 간곡한 뜻을 보이자, 유비를 주군으로 모셨는데, 유비는 그와 자신을 물과 물고기로 비유하여 독실한 신뢰를 표시한 바 있다.

【① 권3-제갈량】

조경종(曹景宗, 457~508)

신야(新野) 출신으로, 자(字)는 자진(子震)이다. 양 무제(梁武帝) 때 종군(從軍)하여 전공을 세우고 영주자사(郢州刺史)를 역임하였다. 화광전(華光殿) 연회에서 경(競)과 병(病)의 운을 써서 연구(聯句)를 지음으로써 '경병운(競病韻)'이라는 고사를 탄생시킨 인물이다. 【② 권11-456, ③ 권13-조경종】

조계(趙戒, ?~154)

후한시대 촉군(蜀郡) 성도현(成都縣) 출신이다. 자(字)는 지백(志伯)이며, 순제(順帝) 때부터 환제(桓帝) 때까지 태위와 사공 등 여러 관직을 역임하였다. 【① 권4-207】

조기(趙岐, ?~201)

후한시대 경조(京兆) 장릉현(長陵縣) 출신으로, 자(字)는 빈경(邠卿)이며, 젊어서부터 경서에 밝았고 재능이 있었다. 환제(桓帝) 때 환관(宦官)에게 죄를 얻어 손숭(孫嵩)의 도움으로 숨어 지내다가 당씨 일족이 멸한 뒤에 세상 밖으로 나왔으며, 166년에 사도(司徒) 호광(胡廣)의 초빙을 받아 출사하였다가 남흉노, 오환, 선비 등이 봉기하자, 천거받아 병주자사(幷州刺史)가 되었다. 【③ 권14-633】

조비(曹丕, 187~226)

위(魏)나라 초대 황제인 문제(文帝)이다. 자(字)는 자환(子桓)이며, 조조(曹操)의 맏아들이다. 한(漢)나라의 헌제(獻帝)를 옹립하고 화북(華北)을 평정한 조조는 제위에 오르지 않았지만, 조비는 헌제로부터 양위받는 형식으로 황제가 되어 도읍을 낙양에 두고, 국호를 위(魏)라 하였다. 동생 조식(曹植)과 함께 문인으로 명성이 높았고, 문학을 장려하는 한편 《전론(典論)》과 시부(詩賦) 등 1백여 편을 저술하였다. 【① 권5-215, 권5-239】

조비(曹毘)

초(楚)나라 출신으로, 자(字)는 보좌(輔佐)이다. 광록훈(光祿勳)을 받았다. 【② 권8-조비】

조비연(趙飛燕, ?~기원전 1)

전한의 폐후이다. 시호는 효성황후(孝成皇后)이다. 후한(後漢) 성양후(成陽侯) 조임(趙臨)의 딸로, 어릴 때부터 춤과 노래를 배워 비연(飛燕)이라 불렀다. 성제(成帝)의 총애를 받아 황후가 되었다가 성제가 죽은 뒤 서인(庶人)으로 강등되자 자살하였다. 【① 권2-조비연, 권6-271, ② 권11-425】

조식(曹植, 192~232)

진사왕(陳思王)을 이른다. 자(字)는 자건(子建)이고, 시호는 사(思)이다. 삼국시대 위 무제(魏武帝)의 셋째 아들이자 위 문제(魏文帝) 조비(曹丕)의 아우이다. 그의 재주와 인품을 싫어한 문제(文帝)는 거의 해마다 새 봉지(封地)에 옮겨 살도록 강요하였고, 그는 엄격한 감시 아래 신변의 위협을 느끼며 불우한 나날을 보내다가, 마지막 봉지인 진(陳)에서 죽었다. 80여 수의 시가 현전하며, 사부(辭賦)나 산문(散文)도 40여 편이나 된다. 【예언, ① 권5-231, ② 권11-442, ③ 권12-523, 권13-556, 권14-664】

조자건(曹子建) → 조식(曺植)

조정(趙整, ?~?)

16국시기 전진(前秦)의 관원이면서 문학가이다. 약양군(略陽郡) 청수현(淸水縣) 혹은 제음(濟陰) 출신으로, 자(字)는 문업(文業)이며, 일명(一名)은 정(正)으로도 쓴다. 나이 18세에 진왕(秦王) 부견(苻堅)의 저작랑(著作郞)이 되었다가 뒤에 황문시랑(黃門侍郞)과 무위태수(武威太守)를 역임하였다. 【② 권9-조정】

조정(祖珽)

자(字)는 효징(孝徵)이며 후주(後主) 때 상서좌복야(尙書左僕射)를 역임하였다. 【③ 권14-조정】

조충국(趙充國, 기원전 137~기원전 52)

한 무제(漢武帝) 때 영평후(營平侯)에 봉해졌다. 나이 70세가 되었을 때 무제가 어사대부(御史大夫) 병길(丙吉)을 보내 강족(羌族)을 정벌할 계책에 대하여 묻자, "백 번 듣는 것이 한 번 보는 것만 못하니, 신이 금성(金城)에 가서 보고 계책을 마련해 올리고자 합니다."라고 하고, 무제의 허락을 받아 몸소 금성으로 가서 강족의 사정을 살핀 다음, 그 일대에 둔전(屯田)을 설치하여 이들을 들어오지 못하게 하였다. 【① 권5-226】

조터(趙攄, ?~308)

안휘성(安徽省) 출신으로, 자(字)는 안원(顔遠)이다. 효행심이 두텁고 인정(仁政)을 베풀었으며 혜제(惠帝)의 말년에 양성태수(襄城太守)를 역임하였다. 【② 권7-조터】

종기실(鍾記室, 468~518)

남북조시대의 문학가인 종영(鍾嶸)을 이른다. 영천(潁川) 장사(長社) 출신으로, 자(字)는 중위(仲偉)이다. 제(齊)나라와 양(梁)나라에서 낮은 벼슬을 하였는데, 양나라에서 진안왕(晉安王)의 기실(記室) 벼슬을 하여 종기실(鍾記室)로도 부른다. 《시품(詩品)》의 저자이기도 하다. 《시품》의 원명은 시평(詩評)이었는데 북송(北宋) 이후에 《시품》으로 바꾸었다. 【예언】

종의(鍾儀)

춘추시대 초(楚)나라 운공(鄖公)이다. 정(鄭)나라에 포로가 되었다가 진(晉)나라로 이송되었는데, 경공(景公)이 그가 어짊을 알고 포박을 풀어 주며 그의 장기(長技)인 음악을 들려 달라고 하자, 종의는 자기 조상과 고국을 잊지 않는 뜻에서 고국의 음악을 연주하였다고 한다. 【③ 권14-676】

좌귀빈(左貴嬪, 253?~300)

제국(齊國) 임치(臨淄) 출신으로, 이름은 분(芬)이고, 자(字)는 난지(蘭芝)이며 좌사(左思)의 누이다. 미모가 출중하고 재덕(才德)을 겸비하여 서진(西晉) 무제(武帝)의 귀빈(貴嬪)이 되었다. 【② 권7-좌귀빈】

좌사(左思, 250?~305)

자(字)는 태충(太沖)이며 임치(臨淄) 출신으로, 서진(西晉)의 문학가이다. 태강(太康) 시기의 가장 걸출한 작가로 꼽는다. 【예언, ② 권11-442】

좌연년(左延年)

삼국(三國)시기 위(魏)나라 음악가이자 시인이다. 《삼국위서(三國魏書)》에, "음률(音律)에 정통하였고, 특히 정성(鄭聲)에 밝았으며, 황초(黃初) 중에 신성(新聲)으로 가사(歌詞)를 지어 위 문제(魏文帝)의 총애를 받았다."라고 하였다. 【① 권6-연년】

주공(周公, ?~?)

이름은 단(旦)이다. 주왕조(周王朝)를 세운 문왕(文王)의 아들이며 무왕(武王)의 동생이다. 무왕과 그의 아들 성왕(成王)을 도와 주왕조의 기초를 확립했다. 무왕이 죽은 뒤 나이 어린 성왕이 제위에 오르자 섭정(攝政)이 되었는데, 은족(殷族)의 대표자 무경(武庚)과 녹부(祿夫), 그리고 주공의 동생 관숙(管叔)과 채숙(蔡叔) 등이 반란을 일으키자 그들을 진압하였다. 이후 동방을 원정하여 하남성 낙양 부근의 낙읍(洛邑)에 진(鎭)을 설치하는 등 주나라를 단단한 초석 위에 올려놓는 성과를 이룩하였다. 【① 권5-215, 권5-231, ② 권10-385】

주매신(朱買臣, 기원전 174?~기원전 115?)

한 무제(漢武帝) 때의 정치가이다. 오(吳)나라 강소성 소주(蘇州) 출신으로, 자(字)는 옹자(翁子)이다. 학문을 좋아하면서도 집안이 가난하여 나무를 팔아 생계를 유지해야 했기 때문에 아내와 헤어졌다. 상계리(上計吏)에 속하여 지내던 중 엄조(嚴助)의 추천으로 무제에게 《춘추》를 강설하게 되어 관직에 올랐다. 그 뒤 회계 태수(會稽太守)가 되어 고향에 돌아가 헤어진 아내와 그의 남편을 불러 도와주었는데, 그 아내는 부끄러워 자살했다고 한다. 중앙에 돌아와 구경(九卿)의 반열에 올랐고, 승상장사(丞相長史)가 된 뒤 어사대부 장탕(張湯)의 죄상을 파헤쳐 그를 자살하게 하였는데, 그 일로 무제의 분노를 사 죽임을 당하였다. 【② 권7- 306】

주보언(主父偃, ?~기원전 125?)

한 무제(漢武帝) 때의 신하이다. 남의 비밀을 폭로하기 좋아하므로 대신들이 두려워하여 뇌물을 바쳤으며, 뒤에 제왕(帝王)이 그의 누이와 간음한 것을 간언한 것 때문에 멸족되었다. 광대한 봉지(封地)를 분할하여 제후의 강성을 막자고 주청하기도 하였다. 【② 권7-306】

주운(朱雲)

한 성제(漢成帝) 때의 경학자이다. 산동성 출신으로, 자(字)는 유(游)이다. 원제(元帝) 때 박사, 두릉령(杜陵令)을 지냈다. 백우자(白友子)에게 《주역》을, 소망지(蕭望之)에게 《논어》를 배웠으며, 이름난 제자로는 박사가 된 엄망(嚴望)과 엄원(嚴元)이 있다. 【① 권4-198】

주유(周瑜, 175~210)

삼국시대 오(吳)나라 장군이다. 여강(廬江) 출신으로, 자(字)는 공근(公瑾)이다. 문무(文武)에 두루 능했다. 처음에 손책(孫策)을 섬겼다가 뒤에 그의 아우 손권(孫權)을 도왔는데, 오나라 사람들은 주랑(周郎)이라 부른다. 유비(劉備)와 협력하여 적벽에서 조조(曹操)의 군대를 크게 격파했다. 유비가 형주(荊州)에서 세력을 확대할 것을 염려하여 사천 지방을 공략하라고 진언하였으나 계획이 실행되기 전에 병사하였다. 【① 권6-276】

주 유왕(周幽王, ?~기원전 771)

주(周)나라 제12대 왕으로, 선왕(宣王)의 아들이며 평왕(平王)의 아버지이다. 총희 포사(褒姒)를 웃기려고 위급하지도 않은데 봉화(烽燧)를 올려 제후들을 오게 했고, 허둥대는 제후들의 꼴을 본 포사는 비로소 웃었다고 한다. 뒤에 유왕은 왕비 신후(申后)와 태자 의구(宜臼)를 폐하고, 포사를 왕비로, 백복을 태자로 삼았다. 신후(申后)의 아버지 신후(申侯)는 격분하여 기원전 771년 견융(犬戎) 등을 이끌고 쳐들어와 유왕을 공격하였다. 이때 다시 봉화를 올렸지만, 제후들은 또 거짓이라 여겨 응하지 않아 패망하고 본인은 여산(驪山) 기슭에서 살해되었다. 그가 살해되고 아들 평왕(平王)이 수도를 낙양으로 옮기게 됨으로써 결국 서주(西周)시대를 마감하게 된 결과를 초래하였다. 【② 권11-425】

주임(周任)

고대의 현자이다. 《논어집주(論語集註)》〈계씨(季氏)〉에 "주임이 이르기를

'능력을 펴서 벼슬아치의 대열에 나아가 일을 하되 능력이 닿지 않으면 그만둔다.[周任有言曰, 陳力就列, 不能者止.]' 하였다"라고 하였다. 【② 권10-411】

주처(周處, ?~297)
자(字)는 자은(子隱)이며 오(吳)나라에서 벼슬하였다. 【③ 권14-664】

주해(朱亥, ?~기원전 257)
조(趙)나라 역사(力士)이다. 진나라가 조나라의 수도 한단(邯鄲)을 침공했을 때 신릉군(信陵君)을 도와 진비(晉鄙)의 진영에 가서 그를 추살(追殺)하고 그 군사로 조나라를 구한 인물이다. 【③ 권13-558】

주허후(朱虛侯) → 유장(劉章)

주홍양(周弘讓, 498~577)
구곡(句曲)의 모산(茅山)에 은거하였으며 만년(晩年)에 후경(侯景)의 중서시랑(中書侍郎)이 되고 천가(天嘉) 중에 태상경 광록대부(太常卿光祿大夫)를 역임하였다. 주홍정(周弘正)의 아우이다. 【③ 권14-주홍양】

주홍정(周弘正, 496~574)
하남성(河南省) 출신으로, 자(字)는 사행(思行)이다. 양(梁)나라에서는 국자박사(國子博士)를 역임하고 진(陳)나라에 가서는 시중 국자좨주(侍中國子祭酒)를 역임하였으며, 선제(宣帝) 때에 상서좌복야(尚書左僕射)를 역임하였다. 주홍양(周弘讓)의 형이다. 【③ 권14-주홍정】

중련(仲連) → 노중련(魯仲連)

중선(仲宣) → 왕찬(王粲)

중언(仲言) → 하손(何遜)

중이(重耳) → 진 문공(晉文公)

중장통(仲長統, 179~220)
후한시대의 학자이다. 고평(高平) 출신으로, 자(字)는 공리(公理)이다. 어려서부터 학문을 좋아하고 문사(文辭)에 능하였으며, 직언을 즐겨하여 당시 사람들이 광생(狂生)이라 부를 정도로 비판정신이 투철하였다. 저서로《창언(昌言)》34편을 남겼다고 하나 현전하지 않고,《후한서(後漢書)》에 〈이란(理亂)〉, 〈손익(損益)〉, 〈법계(法誡)〉 등 3편 만이 전한다. 【예언】

중화(重華)

순(舜)임금의 눈동자가 두 개여서 붙여진 별명(別名)이라고 하며, 순임금의 문덕이 요(堯)임금을 계승하여 거듭 광화(光華)를 발했음을 일컫는 말이기도 하다. 【② 권9-355】

진가(秦嘉)

후한시대의 시인(詩人)이다. 농서(隴西) 출신으로, 자(字)는 사회(士會)이다. 환제(桓帝) 때 낙양(洛陽)에 입성하여 황문랑(黃門郞)이 되었을 때 아내인 서숙(徐淑)과 주고받은 증답시(贈答詩)가 유명하다. 【① 권3-진가】

진경중(陳敬仲) → 진완(陳完)

진녀(秦女)   › 농옥(弄玉)

진림(陳琳, ?~217)

후한 말기의 문학가이다. 광릉(光陵) 출신으로, 자(字)는 공장(孔璋)이다. 건안칠자(建安七子) 중 한 사람으로, 원래는 대장군 하진(何進)의 주부였는데, 하진이 제후들과 함께 환관(宦官)을 제거하려 했을 때, 이를 만류하였다. 후에 기주(冀州)에 피난해 있었는데, 원소(袁紹)가 기실(記室)로 삼았다. 원소가 조조를 토벌하려 할 때 그에게 명하여 격문을 쓰게 하였다. 조조가 기주를 점령하고 그를 포로로 잡았는데 그의 재주를 아껴 사면하고 종사(從事)로 삼았다. 【① 권6-진림】

진 문공(晉文公, 기원전 697~기원전 628)

춘추(春秋)시대 오패(五霸)의 한 사람으로, 이름은 중이(重耳)이다. 아버지 헌공(獻公)이 여희(驪姬)의 참소를 믿고 태자 신생(申生)을 죽이자, 망명했다가 19년 만에 진 목공(秦穆公)의 도움으로 귀국하여 즉위하였다. 【② 권8-

진백달(陳伯達)

정백달(程伯達)이라고도 한다. 광평(廣平) 출신으로, 저거목건의 세자참승(世子驂乘)을 역임하였으며, 호수의 친구이다.【③ 권14-622】

진사(陳思) → 조식(曹植)

진사왕(陳思王) → 조식(曹植)

진소(陳昭)

강소성(江蘇省) 출신으로, 양(梁)나라 영흥후(永興侯) 진경지(陳慶之)의 아들이다.【③ 권14-진소】

진수자(陳樹滋)

청대(淸代) 강남(江南) 장주(長州) 출신으로, 이름은 배맥(培脈)이며, 수자(樹滋)는 자(字)이다. 심덕잠과 함께 《당시별재집(唐詩別裁集)》 20권을 공동 편찬하였다.【서문】

진승(陳勝, ?~208)

진(秦)나라 말기에 최초의 농민봉기(農民蜂起)를 주도한 인물이다. 하남성 등봉현(登封縣) 출신으로, 원래 신분이 비천하여 남에게 고용되어 경작에 종사하였다. 진시황이 죽은 뒤 3세 황제가 사람을 징발 북방의 방비를 위해 파견했을 때, 둔장(屯長)으로 끼게 되었다. 지금의 강소성 풍현(豊縣)까지 갔을 때 폭우를 만나 정해진 기한까지 도착할 수 없을 것이 분명해지자, 동료 둔장 오광(吳廣)과 함께 지휘자를 살해하고 반란을 일으켰다.【예언】

진시황(秦始皇, 기원전 259~기원전 210)

진(秦)나라의 초대 황제로, 이름은 정(政)이다. 13세 때에 진왕(秦王)이 되었으며, 한비(韓非)의 설(說)을 좋아하여 불러 쓰려고 하다가 이사(李斯)의 방해로 쓰지 않았다. 기원전 221년에 천하를 통일한 후, 스스로 덕은 삼황(三皇)을 겸하고 공은 오제(五帝)를 능가한다고 하여 황제(皇帝)라 일컫고, 시(諡)를 폐하여 시황제(始皇帝)부터 만세(萬歲)에 이를 것이라고 하였다. 함양(咸陽)에 거궁(巨宮)을 짓고, 만리장성을 쌓았으며, 박사관(博士館)에 있는 책 외의 민간서적을 모아 불사르고 자기를 비판하는 유생 464명을 구덩이에 묻어 죽였다. 그리고 방사(方士) 서시(徐市)로 하여금 삼신산(三神山)에 있는 불사약(不死藥)을 찾게 하였다. 【② 권8-342】

진완(陳完, 기원전 706~?)

춘추시대 사람으로, 성은 규(嬀)이고, 씨는 진(陳)이며, 바꾼 씨는 전(田)이다. 시호(諡號)는 경중(敬仲)이다. 통칭하여 진경중(陳敬仲) 또는 전경중(田敬仲)이라고 부른다. 본디 진나라의 공자였으며, 진여공(陳厲公)의 아들이다. 《좌전(左傳)》 노 장공(魯莊公) 22년 봄에 제(齊)나라 환공(桓公)이 경중을 경(卿)으로 삼으려 하자, 그가 사양하면서 "높은 수레를 타고 와서, 활을 들어 나를 부르니, 어찌 가고 싶지 않겠는가마는, 나의 충직한 벗을 경외하노라[翹翹車乘, 招我以弓, 豈不欲往, 畏我友朋]"라는 시를 인용하였다. 【① 권1-029, 권1-076】

진왕의 딸[秦王女] → 농옥(弄玉)

진자량(陳子良, ?~632)

강소성(江蘇省) 출신으로, 당(唐)나라 때 태자학사(太子學士)를 지냈다.

【③ 권14-진자량】

진평(陳平, ?~기원전 178)

한나라 양무(陽武) 호유(戶牖) 출신인데, 호유(戶牖)가 진류현(陳留縣)에 속해 있기 때문에 진류자(陳留子)라 했다. 젊었을 때는 가난했으나 형이 농사를 지으며 진평에게 공부를 시켰는데 그는 글공부를 게을리하지 않아, 뒤에 한 고조의 신하로서 육출기계(六出奇計)의 공을 세워 곡역후(曲逆侯)에 봉해졌다. 【② 권7-306, ③ 권14-655】

집극(執戟) → 양웅(揚雄)

채숙(蔡叔)

문왕(文王)의 다섯째 아들이며, 주공(周公) 단(旦)의 동생이다. 무왕(武王)이 은(殷)을 멸하고 여러 아우를 각지에 봉할 때, 채(蔡)에 봉해졌다. 주왕(紂王)의 아들 무경(武庚)을 보좌하여 하남(河南)을 다스리다가 무왕이 죽은 뒤에 무경과 함께 반란을 일으켰으나, 주공 단에게 패하여 유배되었다. 【① 권5-235】

채염(蔡琰, 177~239)

후한 말기의 여류시인이다. 진류(陳留) 어현(圉縣) 출신으로, 자(字)는 문희(文姬)이다. 채옹(蔡邕)의 딸로, 어려서부터 박학다식하여 변설에 능하고 음악적 재능이 있었다. 처음에 위도개(衛道玠)에게 출가했으나 얼마 후 남편과 사별하고 친정으로 돌아왔다. 그 후 동탁(董卓)의 난 때 흉노족에게 납치되어 남흉노 좌현왕에게 시집을 가서 두 아들을 두었다. 조조는 채옹과 절친한 사이였는데 채옹의 후손이 끊기는 것을 애석하게 여겨 좌현왕에게 천금을 주고 채염을 데려와 동관 근처 남전 땅에 장원을 세우고 그곳에서 살도록 배려하였다. 그 뒤에 다시 동사(董祀)에게 재가(再嫁)하였다. 【① 권3-채염】

채옹(蔡邕, 133~192)

후한의 학자이자 문인, 서예가이다. 진류(陳留) 어현(圉縣) 출신으로, 자(字)는 백계(伯喈)이다. 젊어서부터 박학하기로 이름이 높았고 문장에 뛰어났다. 170년 영제(靈帝)의 낭중(郞中)이 되어 동관(東觀)에서 서지 교정에 종사하였으며, 175년 제경(諸經)의 문자평정(文字平定)을 주청하여 스스로 써서 돌에 새긴 후 태학(太學)의 문밖에 세웠다. 이것이 희평석경(熹平石經)이다. 189년 동탁(董卓)에게 발탁되어 좌중랑장(左中郞將)까지 승진했지만 동탁이 죽음을 당한 후 투옥되어 옥사하였다. 조정의 제도와 칭호에 대하여 기록한 《독단(獨斷)》과 시문집 《채중랑집(蔡中郞集)》이 있다. 비백서체(飛白書體)를 창시하였다. 【① 권3-채옹】

초 원왕(楚元王, ?~기원전 179)

전한(前漢) 때의 황족이자 경학자이다. 성명은 유교(劉交)이며 자(字)는 유(游)이고, 시호는 원(元)이다. 한 고조(漢高祖)의 동생이다. 【② 권10-386】

초주(譙周, 201~270)

삼국시대 광안(廣安) 출신으로, 자(字)는 윤남(允南)이다. 육경(六經)과 천문(天文)에 조예가 깊었고, 촉한(蜀漢) 때 광록대부(光祿大夫)가 되었다. 후한말의 형세와 남북조시대의 변화를 정확하게 읽어 낸 사람으로 평가받는다. 저술에 《오경론(五經論)》, 《법훈(法訓)》, 《고사고(古史考)》 등이 있다. 【③ 권14-664】

총지(總持) → 강총(江總)

최실(崔實, ?~170?)

동한의 사상가이다. 안평(安平) 출신으로, 자(字)는 자진(子眞)이다. 관료로 있으면서 선정을 베풀어 상서(尙書)에까지 올랐다. 〈정론(政論)〉을 지어 국가 통치 질서에 대한 입장을 제시하였다. 《사민월령》과 《농가언(農家諺)》의 지은이가 《사고전서(四庫全書)》에 최식(崔寔)과 혼재(混載)하여 표기되어 있으나 동일한 인물로 보인다. 【① 권1-095】

축타(祝鮀)

춘추시대 위(衛)나라 대부로, 자(字)는 자어(子魚)이다. 말재주가 있었다. 《논어집주(論語集註)》〈옹야(雍也)〉에 "축관(祝官) 타(鮀)의 말재주와 송나라

조(朝)의 미모를 가지지 않으면 지금 세상에서 환란을 면하기 어렵다.[不有祝鮀之佞, 而有宋朝之美, 難乎免於今之世矣.]"라고 하였다. 【③ 권14-622】

탁문군(卓文君, 기원전 175~기원전 121)

임공(臨邛) 출신으로, 한(漢)나라 탁왕손(卓王孫)의 딸이다. 음악을 좋아하였는데, 과부가 되어 익주(益州)에 살다가 사마상여(司馬相如)가 타는 〈봉구황곡(鳳求凰曲)〉의 거문고 소리에 반해, 밤에 몰래 집에서 도망쳐 나가 사마상여의 아내가 되었다. 탁문군의 아버지는 처음에는 사마상여를 냉대하다가 후에 그가 익주자사(益州刺史)가 되자, 그제야 탁문군에게도 재산을 나누어 주었다고 한다. 【① 권2-탁문군, ③ 권14-638】

탁씨 집안 딸 → 탁문군(卓文君)

탕혜휴(湯惠休)

남조(南朝) 송(宋)나라 때 혜림화상(惠林和尙)으로, 속성(俗姓)은 탕(湯)이며, 자(字)는 무원(茂遠)이다. 휴상인(休上人)이라고도 불린다. 원래는 승려였으나 효무제(孝武帝)의 명으로 환속(還俗)하여 벼슬이 양주종사사(揚州從事史)에 이르렀다. 시문(詩文)에 능하여 포조(鮑照)와 함께 휴포(休鮑)로 병칭되며, 애정이 넘치는 작품을 많이 지었고, 섬세하고 화려한 문사(文辭)를 주로 구사하였다. 【② 권11-탕혜휴, ③ 권13-537】

태공망(太公望)

주(周)나라 문왕(文王) 때 벼슬을 한 여상(呂尙)의 호(號)이다. 【② 권8-316】

태충(太沖) → 좌사(左思)

팽선(彭宣, ?~4)

후한(後漢) 때의 경학자이다. 회양(淮陽) 양하(陽夏) 출신으로, 자(字)는 자패(子佩)이고, 시호는 경(頃)이다. 장우(張禹)의 천거로 경학박사(經學博士), 광록대부(光祿大夫) 등을 역임하였으나, 왕망(王莽)이 집권하자 사직하고 귀향하였다. 【② 권10-411】

팽조(彭祖)

중국 상고(上古)시대의 선인(仙人)으로, 전욱(顓頊)의 현손이며 요(堯)임금의 신하이다. 7백여 년을 넘게 살아 은(殷)나라 말까지도 쇠약하지 않았다고 하여, 후세에 장수(長壽)한 사람을 지칭하는 말로 쓰인다. 【② 권7-311】

평양주(平陽主)

한(漢)나라 명제(明帝)의 딸로 평양장공주(平陽長公主)를 이른다. 【① 권2-124】

포령휘(鮑令暉)

남조시대 송(宋)나라의 여류 시인으로, 포조(鮑照)의 누이동생이다. 오언시(五言詩)에 능하였는데, 내용은 대부분 연가(戀歌)이다. 포조가 일찍이 효무제(孝武帝)의 질문에 답하기를, "제 누이동생의 재능은 좌분(左芬)에 버금가는데 신의 재주는 태충(太沖)에 미치지 못합니다."라고 하여 자신들을 좌사(左思)의 남매에 비유한 적이 있다. 【② 권11-포령휘】

포사(褒姒)

유왕(幽王)의 총희이다. 유왕이 포국(褒國)을 토벌했을 때 포인(褒人)이 바쳐 포사라 했다. 【② 권11-425】 → 유왕(幽王)

포선(鮑宣, ?~3)

전한(前漢) 때의 경학자이다. 발해(渤海) 고성(高城) 출신으로, 자(字)는 자도(子都)이다. 효렴(孝廉)으로 천거되어 간대부(諫大夫)와 사예(司隷) 등을 역임하였다. 평당(平當)에게 상서구양씨학(尙書歐陽氏學)을 배웠는데, 아들 포영(鮑永)과 손자 포욱(鮑昱)이 계승하여 가학(家學)으로 전하였다. 【① 권4-195】

포조(鮑照, 414?~466)

남조(南朝) 송(宋)나라의 시인이다. 동해(東海) 강소성(江蘇省) 관운현(灌雲縣) 출신으로, 자(字)는 명원(明遠)이다. 어려서 집이 가난하였고 성장해서도 관직에서 뜻을 이루지 못하였다. 한때 임해왕(臨海王) 유자욱(劉子頊)의 형옥참군사(刑獄參軍事)를 지냈다 하여 포참군(鮑參軍)으로 부르기도 한다. 사영운(謝靈運), 안연지(顏延之)와 더불어 원가(元嘉)시기의 3대 시인으로 꼽힌다. 그의 시는 자신의 불우함과 비분, 부패한 사회에 대한 풍자가 표출되어 있다. 그는 불만과 풍자를 악부체(樂府體)의 형태로 썼다. 이 점은 한(漢)·위(魏) 악부의 현실주의적 경향을 계승한 것으로, 수사주의가 성행하고 산수의 미를 추구하던 당시의 시풍과는 다른 이색적인 풍격이다. 특히 칠언악부(七言樂府)의 형식은 포조를 거치면서 비로소 정착단계에 접어들었다. 【예언, ② 권11-포조】

표모(漂母)

삯빨래를 하는 여인을 이른다. 한신(韓信)이 젊어서 가난하여 굶고 있을 때 밥을 지어 주었다. 【② 권9-345】

풍숙비(馮淑妃, 550?~580?)

이름은 소련(小憐)이다. 원래는 북제(北齊) 후주(後主)의 비(妃)인 대목후(大穆后)의 시녀였는데, 가무(歌舞)에 능하여 뒤에 좌황후(左皇后)가 되었다. 【③ 권14-풍숙비】

하동지(何佟之, 449~503)

남조(南朝) 제(齊)나라와 양(梁)나라의 경학가(經學家)로, 여강군(廬江郡) 잠현(潛縣) 출신이며, 자(字)는 사위(士威)이다. 제 명제(齊明帝) 건무(建武) 중에 진북기실참군(鎭北記室參軍)이 되고, 국자박사(國子博士)와 효기장군(驍騎將軍)을 역임하였으며, 양(梁)나라에서는 상서좌승(尙書左丞)을 역임하였다. 【③ 권12-488】

하분(河汾)**의 왕씨**(王氏) → 왕통(王通)

하서(何胥, ?~?)

남조(南朝) 진(陳)나라의 시인으로, 자(字)는 효전(孝典)이며, 후주(陳後) 때 태상령(太常令)을 역임하였다. 【③ 권14-하서】

하손(何遜, 468~518)

남조(南朝) 양(梁)나라의 시인이다. 동해(東海) 담현(郯縣) 출신으로, 자(字)는 중언(仲言)이다. 송나라의 문인 하승천(何承天)의 증손이다. 8세 때 시부(詩賦)를 지었다는 조숙한 천재였다. 20세 무렵 범운(范雲)에게 인정받아, 나이 차이를 극복하고 망년지교(忘年之交)를 하였다. 안성왕(安成王)의 참군사(參軍事)를 역임하고, 겸 상서수부사(兼尙書水部事)를 지냈다. 청신한 시풍의 작품을 남겼다. 【예언, ③ 권12-심약, 권13-하손, 권13-563】

하승천(何承天, 370~447)

남북조시대의 수학자이자 천문학자이다. 송(宋)나라의 동해(東海) 담현(郯縣) 출신이다. 저작좌랑으로 국사를 편찬하는 일을 맡았다가 나중에 어사대부(御史大夫)의 지위에 올랐고, 특히 산학(算學)과 역학(易學)에 뛰어나 원가력(元嘉曆)을 만들었다. 《달성론(達性論)》을 지었고, 인간은 한번 죽으면 형신(形神)이 함께 멸하며, 내세(來世)의 응보(應報)는 없다고 주장

하여 종병(宗炳), 안연지(顏延之) 등과 논쟁을 벌인 바 있다. 【② 권10-하승천】

하진(何進, ?~198)

후한 말기의 대신이다. 남양(南陽) 완현(宛縣) 출신으로, 자(字)는 수고(遂高)이다. 영제(靈帝)의 태후인 하태후(何太后)의 오라버니이다. 백정 출신이었으나 영제가 하태후를 총애하여 관직을 주었으며, 황건적의 난이 발생한 뒤 대장군까지 지냈다. 중평 6년(中平六年)에 영제가 죽자, 소제(少帝) 유변(劉辯)을 옹립하고 환관들을 주살하려다가 하태후의 만류로 중지했다. 그는 외병(外兵)을 수도로 들이려 했지만 환관 장양(張讓)과 단규(段珪) 등에게 속아 장락궁(長樂宮)에 들어와 죽임을 당하였다. 【① 권5-219】

한강백(韓康伯, 332~380)

동진(東晋) 때의 경학자이다. 영천(潁川) 장사(長社) 출신으로, 이름은 백(伯)이고 강백은 자(字)이다. 예장태수(豫章太守), 이부상서(吏部尚書) 등을 역임하였다. 【② 권7-312】

한금호(韓擒虎, 538~592)

하남성(河南省) 동원(東垣) 출신으로, 자(字)는 자통(子通)이며, 원래 이름은 금표(擒豹)이다. 한웅(韓雄)의 아들로 용모가 헌걸차고 용기와 지략이 있었다. 북주(北周) 때 신의군공(新義郡公) 등의 벼슬을 지냈다. 수(隋)나라 조정에서 진(陳)을 멸망시키는 데 결정적인 군공(軍功)을 세웠고 공로를 인정받아 상주국대장군(上柱國大將軍)의 지위를 받았다. 뒤에 양주총관(涼州總管) 등을 지냈다. 【③ 권14-608】

한 성제(漢成帝, 기원전 51~기원전 7)

서한(西漢) 제12대 황제이나. 이름은 유오(劉驁)이고, 자(字)는 태손(太孫), 또는 준(俊)이며, 그의 정식 시호는 효성황제(孝成皇帝)이다. 기원전 33년부터 기원전 7년까지 재위하였다. 【② 권11-425】

한신(韓信, ?~기원전 196)

한(漢)나라의 장수로, 회음(淮陰) 출신이다. 진(秦)나라 말 난세에 항량(項梁)과 항우(項羽)를 섬겼으나 중용되지 않자, 유방(劉邦)에게 가서 해하(垓下)의 싸움에 이르기까지 한군(漢軍)을 지휘하여 크게 공을 세움으로써 제왕(齊王)에 이어 초왕(楚王)이 되었다. 소하(蕭何), 장량(張良)과 함께 한(漢)나라의 삼걸(三傑)로 평가받는다. 【② 권9-345, ③ 권13-535】

한언(韓嫣, ?~?)

전한 중기의 인물로 자(字)는 왕손(王孫)이다. 말타기에 능하고, 무예가 뛰어났으며 총명하였다. 한 무제가 교동왕(膠東王)이던 시절에 반독(伴讀)이 되어 가깝게 지냈고, 무제가 즉위한 뒤에 흉노 정벌을 지지하여 무제의 총애를 받았다. 【① 권4-201】

함양왕(咸陽王) **원희**(元禧, ?~501)

북위(北魏) 헌문제(獻文帝)의 차남이며, 선무제(宣武帝)의 숙부이다. 원래는 탁발씨(拓跋氏)였으나 한화(漢化) 정책에 의해 성씨를 원(元)으로 바꾸었다. 【③ 권14-624】

항아(姮娥)

달에 산다는 선녀로, 하(夏)나라 때의 제후인 유궁후(有窮侯) 예(羿)의 아내였는데, 예(羿)가 서왕모(西王母)에게 얻어다가 보관해 두고 있던 불사약(不死藥)을 훔쳐 먹고 월궁(月宮)으로 달아나서 달의 요정(妖精)이 되었다고 한다. 【② 권8-322】

허유(許由)

고대 중국의 전설상의 인물로, 자(字)는 무중(武仲)이다. 요(堯)임금이 왕위를 물려주려 하였으나 받지 아니하고 기산(箕山)에 들어가 은거하였으며, 또 자신을 구주(九州)의 장(長)으로 삼으려 하자, 그 말을 듣고 자기의 귀가 더러워졌다 하여 영수(潁水)에 가서 귀를 씻었다고 한다. 【② 권7-306,

현고(弦高)

춘추시대 정(鄭)나라의 상인이다. 진(秦)나라가 정(鄭)나라를 공격해 오자, 국경에서 이를 본 현고가 본국에 사람을 보내 상황을 알리게 하고 자신은 본국의 명을 받은 것처럼 하여 진(晉) 땅에서 소를 잡아 진군(秦軍)을 대접하였다. 이에 진군은 정나라가 충분한 방비를 한 것으로 여기고 군대를 물렸다 한다. 【② 권10-393】

현휘(玄暉) → 사조(謝脁)

형가(荊軻, ?~기원전 126)

전국시대 제(齊)나라 사람으로, 위(衛)나라에서 출생하였다. 형경(荊卿) 또는 경경(慶卿)으로 불렸다. 독서와 칼 쓰기를 좋아하였다. 진시황이 통일제국을 건설하기 이전에 연 태자(燕太子) 단(丹)의 식객이 되었고, 태자 단의 비밀 청탁을 받고 시황을 암살하려 했으나 실패하고 피살되었다. 사마천(司馬遷)의 《사기(史記)》〈자객열전(刺客列傳)〉에 그에 관한 이야기가 비교적 상세하게 기술되어 있다. 【① 권1-068, ② 권7-306, 권9-355, ③ 권14-643】

형경(荊卿) → 형가(荊軻)

형소(邢邵, 496~561?)

하간(河間) 정현(鄭縣) 출신으로, 자(字)는 자재(子才)이다. 북위(北魏) 무제(武帝) 때 국자좨주(國子祭酒)를 역임하고, 북제(北齊) 선무제(宣武帝) 때 황문시랑(黃門侍郞)과 태상경(太常卿)을 역임하였다. 【③ 권14-형소】

혜(惠) → 유하혜(柳下惠)

혜강(嵇康, 223~262)

삼국시대 위(魏)나라 사람으로 초국질(譙國銍) 출신이다. 자(字)는 숙야(叔夜)로, 일찍이 중산대부(中散大夫)를 역임하였다 하여 혜중산(嵇中散)이라고 불렸다. 죽림칠현(竹林七賢)의 한 사람이다. 위나라 왕족과 결혼하여 중산대부로 승진했으나 부정을 용서하지 않는 성격과 반유교적 사상으로, 당시 권력층의 미움을 받았는데, 친구가 일으킨 사건에 휘말려 처형되었다. 〈양생론(養生論)〉과 〈여산거원절교서(與山巨源絶交書)〉 등 수많은 철학적·정치적 논문과 서간문을 남겼다. 또 그는 거문고의 명수로 〈금부(琴賦)〉가 있는 것 외에도 시인으로서는 당시 주류를 이루어 가던 오언시가 아니라, 《시경(詩經)》이래의 사언시(四言詩)를 선호하여 철학적 사색을 노래하는 것으로 일관하여 완적(阮籍)과 더불어 이름이 높았다. 저서로 《고사전(高士傳)》, 《성무애악론(聲無哀樂論)》, 《석사론(釋私論)》 등이 있다. 【① 권6-혜강, ② 권10-390】

혜원(惠遠, 334~416)

성(姓)은 가씨(賈氏)이다. 안문(雁門) 누번(樓煩) 출신으로 석도안(釋道安)을 따라 불경(佛經)을 공부하여 명승(名僧)이 되었다. 뒤에 여산(廬山)에 머물면서 도연명(陶淵明)과 교유하였다. 【② 권9-혜원】

혜중산(嵇中散) → 혜강(嵇康)

호광(胡廣, 91~172)

후한 때 남군(南郡) 화용(華容) 출신이다. 자(字)는 백시(伯始)이고 시호는 문공(文恭)이다. 호강(胡剛)의 6세손이다. 안제(安帝) 때 효렴(孝廉)으로 천거되어 태부(太傅)에 올랐다. 공대(公臺)에 30여 년간 있으면서 안제(安帝)와 순제(順帝) 등 여섯 임금을 섬겼고, 원로대신으로서 예우를 받았다. 【① 권4-207】

호수(胡叟)

북위(北魏)의 문학가로, 안정군(安定郡) 임경현(臨涇縣) 출신으로, 자(字)는 윤허(倫許)이다. 어려서부터 총명하여 많은 책을 두루 섭렵하였으며, 북위(北魏)에서 호위장군(虎威將軍)을 지낸 적이 있다. 평생동안 난세를 만

나 떠돌이 생활을 많이 하였다.【③ 권14-호수】

호태후(胡太后)

감숙성(甘肅省) 출신으로, 위(魏)나라 선제(宣帝)의 초기에 궁중에 들어갔는데, 뒤에 명제(明帝)를 낳고 황태후가 되었다.【③ 권14-호태후】

홍애(洪崖)

《열선전(列仙傳)》에, "성(姓)은 장씨(張氏)이며, 요(堯)임금 당시에 이미 3천 세를 살았다." 하였다.【② 권8-322】

화씨(和氏)

춘추시대 변화(卞和)를 이른다. 초(楚)나라 여왕(厲王)과 무왕(武王)에게 계속 옥돌을 바쳤으나 임금을 기만한다는 이유로 두 발을 잘렸다가, 문왕(文王) 대에 이르러서 옥돌을 품에 안고 사흘 낮밤을 통곡한 끝에 비로소 보옥(寶玉)으로 인정을 받았으며, '화씨벽(和氏璧)'의 고사를 탄생시킨 인물이다.【② 권8-315, ③ 권14-632】

화용부인(華容夫人)

한 무제(漢武帝)의 제3자인 연왕 단(燕王旦)의 부인이다. 연왕의 모반이 실패로 돌아간 것을 알고, 빈객과 군신과 처를 불러 연회를 열고 노래를 불러 탄식하자, 부인이 춤추며 답가를 불렀다 한다.【① 권2-화용부인】

환자(桓子, 기원전 24~기원후 56)

한나라 때의 유학자이다. 안휘성 출신으로, 이름은 담(譚)이고, 자(字)는 군산(君山)이다. 거문고에 능했고 오경(五經)에 밝았으며, 고학(古學)을 좋아하여 유흠(劉歆)과 양웅(楊雄)에게 배웠다. 왕망(王莽)이 천하를 찬탈했을 때 장악대부(掌樂大夫)와 중대부가 되었고, 광무제 때 의랑급사중(議郎給事中)에 발탁되었다. 그러나 광무제가 참(讖)을 이용하여 정사를 펴자 이것을 저지하려다 노여움을 사 육안군승(六安郡丞)으로 좌천되어 부임 중에 죽었다. 저서에《신론(新論)》29편이 있다.【① 권1-092】

환제(桓帝, 132~168)

후한 제11대 황제이다. 이름은 유지(劉志)이며, 정식 시호는 효환황제(孝桓皇帝)인데, 후대에 효(孝) 자를 생략하고 한 환제(漢桓帝)로 불렸다. 그는 장황제(章皇帝)의 증손이며 하간효왕(河間孝王) 유개(劉開)의 손자이고, 여오후(蠡吾侯) 유익(劉翼)의 아들인데, 여오(蠡吾)에서 태어났기 때문에 습작(襲爵)으로 여오후가 되었다. 재위(在位) 기간 21년 사이에 후한의 국력이 점차 쇠락해져 황건적(黃巾賊) 난의 토대가 되었다. 【① 권4-207】

황국보(皇國父, ?~?)

춘추시대 송(宋)나라 태재(太宰)로, 자성(子姓)에 황씨(皇氏)이며, 국보(國父)는 그의 이름이다. 송(宋)나라 택문(澤門) 근처에 살았다. 【① 권1-039】

황아(皇娥)

소호(少昊)의 어머니이다. 궁상(窮桑)의 들판에서 신동(神童)인 백제(白帝)의 아들과 놀았다고 한다. 소호(少昊·少皓·少暤)는 전설상의 왕의 이름이다. 황제(黃帝)의 아들로 이름은 현효(玄囂) 또는 지(摯)이며, 호는 금천씨(金天氏) 또는 금덕왕(金德王)이라 한다. 가을을 다스리는 신으로 전한다. 【① 권1-001】

황제헌원씨(黃帝軒轅氏)

서진(西晉)의 황보밀(皇甫謐)이 지은 《제왕세기(帝王世紀)》에 "황제헌원씨는 수구(壽丘)에서 태어나 희수(姬水)에서 자란 까닭에 '희(姬)'가 성이 되었고, 헌원이란 언덕에서 살았기 때문에 헌원이 이름이 되었다."라고 하였다. 전설상의 인물인 그는 태어난 직후에 곧 말을 할 수 있었고 자라면서 더욱 성실하고 영민하였으며, 어른이 되어서는 널리 보고 들으면서 사물에 대한 분별력이 분명해졌다. 이후에 그는 탁월한 지도력을 인정받아 부족의 수령으로 추대되었고 원래 서북쪽에 있던 부족의 근거지를 지금의 하북성 동남쪽인 탁록으로 옮겼다고 전한다. 【서문】

회남왕(淮南王, 기원전 179~기원전 122)

한(漢)나라 종실(宗室) 유장(劉長)의 아들인 유안(劉安)을 일컫는다. 학문을 좋아하고, 널리 문객을 모아 신선술(神仙術)에 심취하였던 인물이다.

【① 권3-175, ② 권11-429, ③ 권13-531】

회왕(懷王, ?~기원전 296)

전국시대 초나라 왕이다. 성은 웅(熊)이고 이름은 괴(槐)이며, 시호가 회(懷)이다. 굴원(屈原)의 만류를 뿌리치고 진(秦)나라에 갔다가 억류되어 피살당하였다. 【① 권1-068】

효목(孝穆) → 서능(徐陵)

효무제(孝武帝, 430~464)

남북조 시대 송(宋)나라 황제이다. 문제(文帝)의 셋째 아들 유준(劉駿)으로, 자(字)는 휴룡(休龍)이며 재위 기간은 11년이다.【② 권10-효무제】

후직(后稷)

주(周)나라의 전설적인 시조이다. 농경신(農耕神)으로 오곡의 신이기도 하다. 성은 희(姬)씨고, 이름은 기(棄)다. 요(堯)임금의 농관(農官)이 되고 태(邰)에 책봉되어 후직이 되었다 한다. 【② 권8-327】

휴상인(休上人) → 탕혜휴(湯惠休)

휴혁(休奕) → 부현(傅玄)

희강(姬姜)

희((姬)는 주(周)나라 성씨이고, 강(姜)은 제(齊)나라 성씨이다. 이 두 나라는 큰 나라였으므로 국족(國族)의 여자에 대한 통칭으로 쓰였으며, 미녀를 일컫는 말로도 쓰였다. 제나라는 강태공(姜太公)이 시조이기 때문에 강씨인 것이다. 【① 권1-076】

희화(羲和)

고대 전설상의 인물로 일출과 일몰을 관장하는 여신이라 한다. 일설에는 요임금의 신하인 희중(羲仲)과 희숙(羲叔) 형제, 그리고 화중(和仲)과 화숙(和叔) 형제라고도 한다. 이들 네 사람은 각각 동·서·남·북 사방의 천문을 관측해서 역법(曆法)을 제정하였다고 한다. 뒤에는 태양을 지칭하는 말로 널리 쓰였으며, 세월을 지칭하기도 한다.【① 권5-249, 권6-271】

고
시
원

색
인

이 책은《고시원(古詩源)》전체(14권 3책)의 색인이다.

1. 일반사항

1)《고시원》1, 2, 3책을 대상으로 하였다.

2) 인명, 지명, 책명, 일반명사 등의 고유 명사를 뽑았으며 특히 시선집(詩選集)인 본서의
   특성을 고려하여 내용 중에 들어 있거나 각주에 들어 있는 용어까지 관심을 갖고 뽑
   았다.

3) 번역(飜譯)상의 오자(誤字), 오독(誤讀), 속자(俗字), 약자(略字) 등은 가능한 바로잡아 뽑았다.

4) 원저자의 상주(詳註) 및 간주(間註)에 포함된 용어를 표제어로 뽑았으며, 번역과 편집
   과정에서 보충한 주석의 경우에도 해당되는 용어를 모두 포함하여 뽑았다.

5) 한 면에서 같은 표제어가 반복되어 나온 경우 한 번만 뽑았다.

6) 표제어에서는 아라비아 숫자를 쓰지 않았다. 다만 부득이한 경우에는 예외로 하였다.

   예) 64괘(卦)

7) 표제어 뒤에 붙는 원숫자는 본서의 책수를, 나머지 숫자는 쪽수를 표시하였다.

   예) 가곡(歌曲) ①-62, ②-62, 346 →《고시원 1책》의 62쪽,《고시원 2책》의 62쪽, 346쪽.

8) 본 색인에서 사용한 부호는 다음과 같다.

   ──: 종속 표제어 앞의 대표 표제어를 생략한 표시이다.

   →: 파생된 용어이거나 부제인 경우 원표제어로 보내는 표시이다.

   〈 〉: 작품 제목을 묶는 표시이다.

   《 》: 책명을 묶는 표시이다.

   ①, ②, ③: 표제어 뒤에 놓인 원숫자로 본서의 책수를 나타내는 표시이다.

9) 본 색인의 배열 순서는 다음과 같다.

   가. 가, 나, 다 순에 따랐다.

   나. 한 표제어에 버금으로 딸려서 나오는 종속 표제어는 대표 표제어 아래 딸림으로
       배열하고 ──으로 표시하였다.

   다. 표제어의 ( ) 안에 병렬 한자의 획수 순과 사전상의 선후는 고려하지 않고, 한
       글 가, 나, 다 순으로만 배열하였다.

2. 세부사항

1) 인명(人名)

　가. 인명은 모두 뽑았다.

　나. 공자(孔子)나 주자(朱子) 등 통상적으로 쓰이는 명칭은 그대로 추출하였다.

　다. 왕과 황제의 묘호(廟號)가 대표 표제어로 추출될 경우는 번역문에 나오는 대로 뽑았다.

　　　예) 광무제(光武帝)

　　　　　한 광무제(漢光武帝)

　라. 동일 인물이 성명 이외의 자(字), 호(號), 별칭 등으로 두루 지칭될 경우에 각각을 표제어로 삼되, 성명을 보충하여 한곳으로 모았다.

　　　예) 동방선생(東方先生) → 동방삭(東方朔)

　　　　　동상(董相) → 동중서(董仲舒)

　　　　　백마왕(白馬王) → 조표(曹彪)

　　　　　설내사(薛內史) → 설도형(薛道衡)

2) 지명(地名)

　가. 지명은 모두 뽑았다.

　나. 번역문에 나온 대로 추출하고, 일반적으로 많이 쓰이는 쪽으로 모았다.

　　　예) 동정(洞庭) → 동정호(洞庭湖)

　　　　　맹진(盟津) → 맹진(孟津)

3) 책명(冊名)

　가. 책명은 모두 뽑았다.

　나. 책명에 딸린 편명도 함께 추출하여 찾아보기에 간편하게 하였다.

4) 일반명사

　가. 문장의 주제가 되거나 그와 깊은 관련이 있는 용어를 가려서 뽑았다.

　나. 시어(詩語) 및 문장의 주제나 그와 관련이 있다고 판단되는 용어를 뽑았다.

　다. 번역 과정에서 풀어 쓴 것이라도 내용을 고려하여 원문을 참고하여 표제어화하였다.

　라. 번역 과정에서 동일한 원문에 대하여 여러 가지 용어로 표현된 경우에는 번역문에 나온 대로 뽑았다.

　마. 국명, 건물명, 작품명 등 고유명사에 해당하는 용어를 모두 뽑았으며, 작품명인 경우에〈　〉안에 표기하여 일반 용어와 구분하였다.

고
시
원
색
인

인명

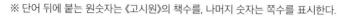

※ 단어 뒤에 붙는 원숫자는 《고시원》의 책수를, 나머지 숫자는 쪽수를 표시한다.

　　예) 가의(賈誼) ①-177 ②-143, 385 ③-391 → 《고시원 1책》의 177쪽, 《고시원 2책》의
　　　143, 385쪽, 《고시원 3책》의 391쪽.

ㄴ

ㅁ

모영(茅盈) ①-153, 154 ③-292

모영가(毛永嘉) ③-301

모용수(慕容垂) ②-342

모용씨(慕容氏) ②-412

모융(牟融) ①-184

모초성(茅初成) → 모몽(茅濛)

모충(茅衷) ①-153 ③-292

모피(毛披) ①-356

모희(毛喜) ③-301

목란(木蘭) ③-282, 284, 285

목숙(穆叔) ①②③-71

몽(濛) → 모몽(茅濛)

몽념(蒙恬) → 몽염(蒙恬)

몽무(蒙武) ①-158

몽염(蒙恬) ①-510 ③-380

무(武) ①-102

무경(武庚) ①-473, 512

무기(無忌) → 신릉군(信陵君)

무목(武穆) ②-377

무빈(懋賓) → 범안성(范安成)

무선(茂先) → 장화(張華)

무세(茂世) → 우세기(虞世基)

무습(繆襲) ①-586

무안군(武安君) ③-376

무열태자(武烈太子) ②-268

무원(茂遠) → 탕혜휴(湯惠休)

무정(武丁) ③-417

무중(武仲) → 허유(許由)

무택(無擇) → 전자방(田子方)

무황(武皇) → 한 무제(漢武帝)

묵자(墨子) ②-171, 530 ③-120, 383

묵적(墨翟) → 묵자(墨子)

묵특(冒頓) ②-143, 193

문거(文擧) → 공융(孔融)

문선제(文宣帝) ③-360

문소(文昭) ②-377

문소황후(文昭皇后) 견씨(甄氏) ①-499,
501

문업(文業) → 조정(趙整)

문연(文淵) → 마원(馬援)

문자(文子) ②-453

문중자(文中子) ①-225

문창(文暢) → 유운(柳惲)

문통(文通) → 강엄(江淹)

문해(文海) → 왕적(王籍)

문헌독고황후(文獻獨孤皇后) ③-405

문혜태자(文惠太子) ③-91, 162

문희(文姬) → 채염(蔡琰)

미인(美人) 우씨(虞氏) ①-202

미자(微子) ①-479 ②-171

민공(閔貢) ①-463

민자건(閔子騫) ①-606

민회태자(愍懷太子) ②-124

손경자(孫卿子) → 순황(荀況)

손권(孫權) ①-635, 636 ②-144
　　③-117~119, 224

손등(孫登) ①-630, 634

손만수(孫萬壽) ③-435

손면(孫緬) ②-563

손무(孫武) ①-95

손빈석(孫賓碩) ③-356

손수(孫秀) ①②③-64

손숙오(孫叔敖) ①-116

손숭(孫嵩) ③-356

손이양(孫詒讓) ①-86

손책(孫策) ①-635

손초(孫楚) ②-167, 169

손하(孫賀) ①-229

손호(孫皓) ①-636

손회종(孫會宗) ①-267

손휴(孫休) ①-636

송 강왕(宋康王) ①-144

— 경공(宋景公) ②-529

— 고조(宋高祖) ②-467

— 명제(宋明帝) ②-566

— 무제(宋武帝) 유유(劉裕) ②-377,
　　406, 414, 467

— 문제(宋文帝) ②-367, 368, 374, 375,
　　377, 556 ③-327

— 소제(宋少帝) ②-452

— 순제(宋順帝) ②-566

— 진종(宋眞宗) ②-234

— 효무제(宋孝武帝) ②-367, 385, 514,
　　542, 556, 558, 560

송나라 조(朝) ③-337

송보(宋父) → 노 정공(魯定公)

송옥(宋玉) ①-510, 604 ③-113, 196,
　　219, 354, 381, 423

송의(宋意) ②-323

송자후(宋子侯) ①-305

송지문(宋之問) ①②③-70

수고(遂高) → 하진(何進)

수몽(壽夢) ①-136

수무자(隨武子) → 수회(隨會)

수 문제(隋文帝) ①-611 ③-405, 435

— 양제(隋煬帝) ①-41, 52, 67, 611
　　②-41, 52, 67 ③-41, 52, 67, 228,
　　405, 406, 408, 426, 432, 457

수소자(隨巢子) ③-383

수인(修仁) → 서면(徐勉)

수자(樹滋) ①②③-57

수회(隨會) ③-452

숙도(叔度) ①-512

숙보(叔寶) ①②③-67

숙상(叔庠) → 오균(吳均)

숙손목자(叔孫穆子) ①-634

숙손씨(叔孫氏) ①-125

ㅇ

ㅈ

자거(子居) → 양주(楊朱)

자건(子建) → 조식(曹植)

자견(子堅) → 음갱(陰鏗)

자경(子卿) → 소무(蘇武)

자고(子皋) → 고자고(高子皋)

자고(子羔) → 고자고(高子皋)

자고(子高) ①-132, 340, 606

자공(子孔) ①-166

자공(子貢) ②-318, 319 ③-392

자광(子光) → 우희(虞羲)

자교(子蟜) ①-166

자국(子國) ①-166

자규(子珪) → 유헌(劉瓛)

자낭(子囊) ①-71, 166 ②③-71

자도(子都) → 포선(鮑宣)

자독(子篤) → 채목(蔡睦)

자로(子路) ①-64, 132 ②-64, 233,
    288, 304 ③-64

자릉(子陵) → 엄광(嚴光)

자모(子牟) ②-428

자문(子文) → 조창(曹彰)

자반(子反) ②-491

자사(子思) ②-236, 303, 318

자사(子駟) ①-165

자산(子山) → 유신(庾信)

자산(子産) ①-118 ③-416

자신(子愼) → 유견오(庾肩吾)

자야(子夜) ③-370

자야(子野) → 사광(師曠)

자양(子陽) → 우희(虞羲)

자양(子諒) → 노심(盧諶)

자연(子淵) → 왕포(王褒)

자옥(子玉) ①-629

자우(子優) → 모융(牟融)

자운(子雲) ①-452 ②-147 ③-175

자은(子隱) → 주처(周處)

자이(子耳) ①-166

자재(子才) → 형소(邢邵)

자중(子重) ①-166 ②-491

자진(子眞) → 최실(崔實)

자진(子進) → 문선제(文宣帝)

자진(子震) → 조경종(曹景宗)

자통(子通) → 한금호(韓擒虎)

자패(子佩) → 팽선(彭宣)

자평(子平) → 상장(尙長)

자하(子夏) ②-424, 453

자한(子罕) ①-115

자행(子行) → 노사도(盧思道)

자혁(子革) ①-100

자형(子荊) → 손초(孫楚)

자환(子桓) → 조비(曹丕)

자희(子熙) → 사조(史照)

고시원 색인

지명

※ 단어 뒤에 붙는 원숫자는《고시원》의 책수를, 나머지 숫자는 쪽수를 표시한다.

　예) 강서성(江西省) ①-636 ②-332, 456 ③-186 →《고시원 1책》의 636쪽,《고시원 2책》의
　　　332, 456쪽,《고시원 3책》의 186쪽.

도도산(桃都山) ②-445

독녹(獨漉) ②-344

독항(督亢) ②-323

돈황(敦煌) ①-595

동관(潼關) ①-312 ②-258

동구(東甌) ②-162, 417

동군(東郡) ①-220

동능(銅陵) ②-458

동도(東都) ③-88

동량산[銅梁] ③-444

동려(桐廬) ③-208

동릉(東陵) ①-601

동백(桐柏) ③-188

동산(銅山) ②-458, 537

동야지산(洞野之山) ③-138

동요하(東遼河) ③-400

동정(洞庭) → 동정호(洞庭湖)

동정산(洞庭山) ①-141, 142 ③-97

동정호(洞庭湖) ②-335, 442, 533
③-216, 220, 234, 291, 296, 401,
422, 423

동초(東楚) ①-604

동평(東平) ①-503, 571 ②-477, 536
———— 임성(任城) ②-477

동해(東海) ①-65, 66, 586 ②-65, 66,
146, 209, 405, 422, 482 ③-65,
66, 238, 257, 381

동해담(東海郯) ②-371

두능(杜陵) ②-437 ③-195, 442

두자산(豆子山) ②-362

등봉현(登封縣) ①②③-68

막고야(藐姑射) ②-408

만영현(萬榮縣) ①-224

만주(滿洲) ②-164

말릉(秣陵) ①-636

망산(邙山) ②-203, 308

맹저육(孟諸陸) → 맹저택(孟諸澤)

맹저택(孟諸澤) ③-114

맹진(孟津) ①-55, 56, 480 ②-55, 56
③-55, 56, 133

맹진(盟津) → 맹진(孟津)

맹진하(孟津河) ③-280

맹현(孟縣) ①②③-55

메소포타미아 ①-303

멱라수(汨羅水) ③-354, 391

모산(茅山) ③-261, 292, 304

몽(蒙) ②-138, 538

몽골[蒙古] ①②③-41

몽사(蒙汜) ②-469

몽산(蒙山) ②-210

ㅈ

ㅊ

고시원 색인

책명

고시원 | 책 명

※ 단어 뒤에 붙는 원숫자는《고시원》의 책수를, 나머지 숫자는 쪽수를 표시한다.

　예)《공자가어(孔子家語)》①-84, 119, 132, 170 ②-321 ③-151 →《고시원 1책》의 84, 119,
　　132, 170쪽,《고시원 2책》의 321쪽,《고시원 3책》의 151쪽.

ㅇ

ㅈ

ㅍ

ㅎ

고
시
원
색
인

일반
명사

고시원 | 일반명사

※ 단어 뒤에 붙는 원숫자는 《고시원》의 책수를, 나머지 숫자는 쪽수를 표시한다.

　　예) 가곡(歌曲) ①-62 ②-62, 346 ③-62, 189 → 《고시원 1책》의 62쪽, 《고시원 2책》의
　　　 62, 346쪽, 《고시원 3책》의 62, 189쪽.

ㄱ

가곡(歌曲) ①-62 ②-62, 346 ③-62,
　　189

가사(歌詞) ①-68, 595 ②-68

가사(歌辭) ③-340

가성(佳城) ③-178

가요(歌謠) ①-68, 310, 451, 462
　　②-68, 561 ③-340

가평(嘉平) ①-153

가한(可汗) ③-282, 284

가황제(假皇帝) ①-451

각(角) ①-155 ②-318

각획(刻畫) ①②③-51

간장검(干將劍) ③-247

간주(蕳珠) ①-578, 579

〈갈담(葛覃)〉 ①-94

갈족(羯族) ②-360

갈포(葛布) ②-315

〈감우(感遇)〉 ①-178

감천궁(甘泉宮) ③-92, 265, 418

〈감천궁송(甘泉宮頌)〉 ③-330

〈감천부(甘泉賦)〉 ①-452 ②-147

감탕나무[萬年枝] ③-103

강구(康衢) ①-78

〈강구(康衢)〉 ①②③-61

강남곡조(江南曲調) ②-369, 370

〈강남롱(江南弄)〉 ①-341

강성(姜姓) ①-101

강영(強嬴) ②-322

〈강 위에 떠서〉 ③-374

강족(羌族) ①-275, 493

강평(岡平) ①-590

강호(羌胡) ②-144

강호파(江湖派) ②-405

강희(康熙) ①②③-59

개경(開徑) ③-195

개선사(開善寺) ③-297

ㄴ

ㄹ

ㅁ

ㅂ

ㅅ

편저자 소개

심덕잠 沈德潛

자는 確士이고 호는 歸愚이며, 江蘇省 蘇州 사람이다. 淸代의 詩人으로, 일찍이 詩名이 높았으나 67세가 되어서야 進士에 합격하였다. 그후 乾隆帝의 총애를 받아 관직이 禮部侍郞까지 올랐다. 그는 도덕적인 문학관에 기반을 두고 바른 골격 위에 음률의 조화를 찾는 詩說인 '格調說'을 주창하였다.

그의 詩論은 漢·魏, 盛唐의 詩를 모범으로 하여 格式과 音律의 조화를 중시하고, 宋代 이후의 詩風과는 반대되는 것으로서 같은 시대의 詩人인 袁枚의 '性靈說'과는 대립된다. 이것은 기본적으로 明代 前後七子의 주장인 '揚唐抑宋'의 정신을 계승한 것이다.

그의 작품은 대개 功德을 칭송한 詩나 과거시험을 위한 문장이 많다고 하여 그다지 높은 평가를 받지 못했던 경향이 있다. 그러나 그의 시론집인《說詩晬語》와 唐詩, 明詩, 淸詩를 수록한《別裁集》은 지금도 많은 이들에게 널리 읽히고 있다. 주요 편저서에는 이《古詩源》과《歸愚詩文鈔》와《竹嘯軒詩鈔》등이 있다.

역주자 소개

조동영 趙東永

성균관대학교 일반대학원 한문학 석·박사를 졸업하였고, 고전번
역원 교육원 전문과정을 졸업하였으며, 慶南陜川 泰東書院 權秋淵 先
生 門下에서 다년간 수학하였다.
고전번역원 번역실 전문위원, 교육원 강사, 동국대학교 교육대학
원 강사 등을 역임하였고, 단국대학교 동양학연구원에서 재직하
였으며, 현재는 성균관한림원 한문학 교수로 있다.
편저·역서에는 《朝鮮王朝實錄》, 《日省錄》, 《承政院日記》 등 史書類의
공역서와 《國朝寶鑑》, 《鵝溪遺稿》, 《林下筆記》, 《六先生遺稿》, 《桐溪
集》 등 文集類의 번역서가 있으며, 단국대학교 《漢韓大辭典》 편찬사
업에 공동으로 참여하였다. 이 외에 박사학위 논문인 "正祖 詩文學
의 一考察"과 다수의 논문이 있고, 편저·역서가 있다.

古詩源